다시, 희곡으로 보는 '나의 삶'

다시, 희곡으로 보는 '나의 삶'

문학 시간에 희곡 쓰기

채드윅 국제학교
학생희곡집

렛츠북

들어가며

　　부지런히 성장을 향해 매달리는 청소년들에게 무엇이 중요할까? 톨스토이는 성장을 위해 '몰입, 소통, 죽음'의 세 가지를 말했다. 학생들은 대학을 향해, 직업을 향해 몰입하지만 '무엇'에만 집중할 뿐 무엇을 '하다'를 놓치고 있다. 그래서 세 가지를 고려한 '희곡 창작'의 장을 마련했다. 소크라테스가 말하는 '질문하는 삶', 자신이 원하는 삶, 살고 싶은 삶이 어떠한지 성찰하고 몰입하는 과정, 그리고 마치 그 삶을 타인의 삶이게 하여 '공감'하도록 하여 '소통'하게 하였으며, 궁극적으로 어떤 삶이든 한계가 있다는 '죽음'의 관점을 마련해 보았다.

아이들은 두 가지 소재 중에서 고를 수 있었다. '사회를 비판하는 것'과 '내가 살아보고 싶은 삶이지만 이번 생애 살 수 없는 삶'이라는 소재를 학생들은 갈등의 장르인 '희곡'에 우려내었다. 사회를 비판하는 시선은 자신에게 강요되는 사회적 맥락을 돌아보고 인간 본성을 돌아보게 하였다. '살아보고 싶은 삶'은 어떤 삶이든 괜찮고, 다만 자신이 원하는 삶이면 모두 소재가 되어주었다. '내가 원하는 삶'이 다 괜찮다는 달콤한 위로는 학업과 경쟁에 지친 아이들에게 안정과 희망을 주었을 것이다. 그렇지만 이번 생에 살 수 없어야 하니 더 창의적이어야 하며, 개연성이 필요하니 현실성도 있어야 하고, 갈등이 필요하니 그 삶이 마냥 순탄하지만은 않았다. 아이들은 어떤 삶이든 행복과 고통이 동전의 양면처럼 존재한다는 아이러니하지만 역설적인 진리를 깨달아갔다. 삶의 결과보다 과정 자체가 성장일 수 있다는 것을 알고 다시 현재의 삶을 돌아보니 현재 자신의 삶을 대하는 태도가 좀 더 따스해졌다.

소설과 달리 희곡에서는 날 것의 자연스러움이 담겼는데, 그 날 것이 종이에 담겨 독자에게는 다시 어색함을 주고 있다. 어른들이 이 글을 읽으면 아이들이 원하는 삶이 무엇인지, 세상을 어떻게 바라보고 있는지 들여다보고서 그 파편들이 향하는 곳이 어디인지 알아주면 좋지 않을까 하는 마음이 든다. 그리고 아이들에게는 2023년 봄 자신들의 행복과 고통을 담아내었다는 그 자체에 기쁨을 느끼고 훗날 이 창작도 성장의 한 과정이었다는 것을 알기를 바라며 이 책을 마련해 본다.

엮은이 이주옥

[목차]

1부

달라질 세상 속의 나

양두구육 ¶

― 김호연

무대 가운데에는 작은 온실, 왼쪽에는 정자가 있고 오른쪽에는 촬영팀이 있다. 모든 조명이 밝아지고 두 인물이 온실 안 토마토 농장에서 토마토를 수확하고 있다.

철수   이번에는 토마토가 많이 나오겠다. 벌써 10박스나 채웠어.

영희   그니까. 토마토 색 좀 봐, 완전 빨갛게 익어서 진짜 맛있겠다.

철수   (철수가 토마토를 영희에게 입에 대듯 건넨다) 이거 한입 먹어봐. 진짜 싱싱하지?

전화기 속 남자   (토마토를 베어 물면서) 와… 이건 나만 먹기엔 너무 아까운 맛이야. 빨리 먹어봐.

철수   (남은 토마토를 먹으며) 음! 맛있다. 우리 밥 먹고 후식으로 먹으면 딱이겠다. 지금 작업하고 있는 줄까지만 수확하고 쉴래? 나머지는 내일 해도 되겠다.

영희   그래!

무대의 조명이 점차 줄어들고 10초 뒤에 다시 무대가 밝아진다. 10분 뒤 토마토 수확을 다 마친 영희와 철수가 다시 대화를 나눈다.

영희   이제 우리 도시락 먹을까?

철수   (옆에 있는 정자를 가리키며) 그러면 저기 가서 먹을까? 밖에서 먹기엔 해가 너무 세다.

철수와 영희가 무대 왼쪽에 있는 정자로 향한다.

영희   (피크닉 바구니에서 도시락을 꺼내며) 근데 우리끼리 먹기에는 토마토가 너무 많다. 이걸로 퓌레 만들고도 엄청 많이 남을 것 같은데… 나머지 토마토는 어떻게 할까?

| 철수 | 음… 이웃분들한테 나눠드릴까? 우리 맨날 받기만 했지 뭘 드린 적은 없잖아. (도시락을 연다) 그것보다 도시락 진짜 예쁘게 만들었다. 언제 다 만들었어? |
| 영희 | 오늘 너 주려고 아침에 일찍 일어나서 만들었지. |

철수가 유부초밥을 한 입 먹는다.

영희	맛 괜찮아? 아침에 나오기 전에 급하게 만든 거여서 맛있을지 모르겠네.
철수	음! 내가 먹어본 유부초밥 중에 최고야. 너도 빨리 먹어. 아침부터 도시락 준비하느라 힘들었겠다.
영희	난 만들면서 많이 먹어서 괜찮아. 너 많이 먹어. 나는 철수가 먹는 거만 봐도 좋은데. 그리고 우리 토마토도 너무 많아서 빨리 먹어야지.
철수	아 진짜? 그럼, 이웃분들한테 너무 많이 드리면 안 되겠네. 너무 많이 드려도 금방 상할 거 아니야. 그리고 토마토 보낼 거면 좀 예뻐 보이는 애들로 골라서 보내드리자. 퓌레 만든 것도 좀 드리고.
영희	응. 그리고 저기 쌓여있는 토마토도 빨리 정리하고 트럭에 옮기자. 아침부터 계속 일하니까 너무 힘들다.
철수	밥 머… 머머… 머 먹고 좀만 쉬다가 마저 일할까?
감독	컷!

조명의 밝기가 점차 줄어든다.

2장

조명이 다시 밝아지고 인물들이 무대 중앙에 있다.

감독   철수 씨! 거기서 왜 더듬어?

철수   (감독에게 허리를 굽히며) 죄송합니다. 대사 숙지가 잘 안 됐어요. (영희에게 고개를 돌리고) 미안. 내가 어젯밤에 영상 편집하다가 대사를 다 못 외우고 잠들어서….

영희   하루 이틀 촬영하는 것도 아닌데, 몇 번을 실수하는 거야. (벌떡 일어나 철수를 내려다본다) 하… 진짜 못해 먹겠네. (농사모자를 집어 던지고 중얼거리며) 수입만 아니었어도….

영희가 무대 오른쪽 끝에 있는 의자에 앉아서 다리를 꼬고 손풍기를 쐬는 동안 스태프들이 달려와서 머리랑 화장을 고친다.

영희   아 좀! 머리에 스프레이 많이 뿌리지 말라고요! 화면에 스프레이로 머리 떡칠한 거 안 나올 것 같아요? 가뜩이나 더워서 짜증나는데 뭐 하는 거야. 몇 번을 말했는데 아직도 못 알아들어요?

철수가 무대 왼쪽에 있는 정자에 혼자 뻘쭘하게 앉아서 대사를 되짚어본다.

감독   (짜증을 내며) 철수씨! 지금 뭐 하자는 거예요, 예? 이러는 게 한두 번도 아니고, 대사 숙지가 왜 이렇게 제대로 안 되었어요? 철수 씨 혼자 힘든 줄 알아? 시골 촌구석에서 촬영할 거면 빨리하고 갈 생각을 해야지. 이런 식이면 저도 야외촬영 앞으로 못해요. 찍을 것도 없어서 억지로 만들어 내고 있는데 그런 거 하나 못 하면 어쩌자는 거예요.

철수	죄송합니다.
감독	잘 좀 해봐요… 내가 아무리 철수 씨 좋아한다지만 영희 씨가 저러는데 뭐 어쩌겠어. 이 채널 영상에 올라오는 댓글 보면 대부분이 영희 씨 얘기야. 이런 말 해서 미안하지만, 솔직히 시청자들한테는 당신은 철수가 아니라 그냥 영희 씨 남자친구 그 이상도 이하도 아니에요. 이 채널은 다 영희 씨 팬이어서 저 사람 없으면 안 돌아가는 거 알잖아. 내가 영희 씨 잘 설득할 테니까 마음 좀 가다듬고 잘합시다. 영희 씨! 기분 풀리면 천천히 다시 시작할게요!

영희가 던졌던 모자를 다시 쓰고 감독한테 다가간다.

영희	감독님, 저희 이번 시즌까지만 같이 하는 거죠?
감독	근데 이번 시즌 조회수가 유독 잘 나와서… 다음 시즌은 같이 하실 생각 없으세요?
영희	아니 뭐 저도 감독님 좋기야 하죠. 근데 저희 처음 계약했을 때랑 지금이랑은 상황이 조금 다르잖아요. 재계약하게 되면 그때랑은 계약서 조건이 조금 바뀔 것 같은데 괜찮으세요?
감독	네? 그래도 이 채널 크는데 제 덕도 꽤 많이 보셨을 텐데 너무 정 없는 거 아니에요? 채널이 큰 만큼 기획이랑 내용이 더 알차야 하는데, 지금 저희 방식대로 하다가 새로운 분 고용하시면 엄청나게 허술해져요.
영희	음… 다음에 얘기하죠. 저 혼자서 정할 문제도 아니고. 촬영이나 계속해요.

영희가 감독을 떠나 철수 옆에 앉는다.

감독	하… 촬영 다시 시작하겠습니다. 스탠바이~ 큐!
철수	(촬영장 한편에서 멍 때리며) 내가 처음에 원했던 건 이런 게

아니었는데, 어쩌다 이렇게 됐지. 내가 원하는 삶이 그렇게까지 남들을 힘들게 하나? 나는 그냥 영희랑 소박하게 사는 모습을 그대로 보여주고 싶었을 뿐인데… 어떻게 화면이랑 현실이랑 성격이 저렇게까지 다르지? 감독님마저 처음엔 그렇게 상냥하시던 분인데… 내가 바라던 삶을 쫓을수록 모든 사람이 가면을 쓰고 살아가는 느낌이야. 이 채널 시청자들은 화면에 나오는 영희라는 사람을 좋아하는 게 아니라 영희가 쓰고 있는 가면을 좋아하는 게 아닐까.

다시 촬영이 시작된다.

철수   (자리에서 일어나며) 빨리 끝내고 들어가서 쉬자.

영희   (벗었던 농사 모자를 쓰고 수확한 토마토를 응시한다) 아까도 토마토가 저렇게 많았었나? 저걸 어느 세월에 옮기지….

철수   너 힘들면 쉬어도 돼. 내가 빨리 끝내놓을게. 네가 나 도시락도 싸줬으니까 내가 힘내야지.

영희   (카메라를 힐끗 쳐다보고) 아냐, 같이 하자. 어떻게 너한테 이걸 다 맡겨. 그리고 같이 해야 이것도 빨리 끝나지.

철수   그럼, 네가 저기 있는 박스만 옮겨줘. 저게 그나마 가벼울 거야. 나머지는 내가 금방 옮길 수 있어.

짜증 섞인 표정으로 박스를 옮기던 영희는 카메라가 다가오자 웃으며 일을 한다. 이러한 영희의 모습을 씁쓸하게 바라보는 철수.

철수   내가 원했던 영희는 이제 화면 속에서밖에 만날 수가 없네.

ː 3장 ː

감독   마지막 장면은 잠깐 쉬다가 찍을게요!

가운데에 있는 영희와 철수에게만 조명이 비치고 주변은 어두워진다.

영희   (철수에게 다가가며) 철수야, 우리 이번에 수영장 간 영상 조회
수 봤어? 사람들이 네 편집 스타일이 좋나 봐. 아침부터 농사
짓고 이게 뭐야. 서로 힘들기만 하고 자극적이지도 않아서 안
봐도 사람들이 싫어할 거 뻔한데. 아직 영상 올리지도 않았는
데 반응이 어떨지 벌써 상상이 된다. 그냥 앞으로 내가 하자는
대로 해.

철수   그런데 우리 그렇게 꼭 조회수에 집착해야 해? 감독 같은 거
없이 예전처럼 그냥 소박하게 하면 안 될까?

영희   너 미쳤니? 그렇게 되면 하루 조회수 얼마나 나올 것 같은데?
그럼, 우리 입에 풀칠이나 할 수 있을 것 같아? 시골에서 그러
고 사는 거, 이제 나 못해!

철수   나라고 좋아서 네가 하자는 유튜브 콘텐츠 하는 것 같아? 난
솔직히 유튜브 관두고 싶어. 난 시골에서 그냥 너랑 소소하게
살고 싶어. 근데 지금의 너를 봐봐. 너 카메라 없으면 평소에
짜증만 내고 맨날 인상 찌푸리고 있는 거 알아?

영희   (답답함에 몸부림치며) 너 지금 이 모든 상황이 내 탓이라는 거
야? 나한테 고마운 마음은 안 들어? 우리 옛날엔 밭에서 채소
나 따서 먹고 제대로 놀지도 못했어. 난 시골로 이사 간 뒤로
친구들이랑도 멀어지고 평소에 즐기던 것도 못 했고. 근데 지
금은 어때. 내 덕분에 돈, 명예, 명성 다 얻었잖아. 길가면 잠깐
만 걸어도 사람들이 다 알아봐.

철수   그래도 내가 원하던 거 단 하나 촬영하는 건데 이거 하나 하는

게 그렇게 힘들어? 넌 이 정도도….

철수와 영희가 말다툼하던 와중 감독이 신호를 준다. 동시에 주변 조명들이 켜지며 무대가 밝아진다.

감독	하나 남은 거 마저 촬영할게요! (철수와 영희가 화면 안에 들어온다) 스탠바이~ 큐!
철수	(환하게 웃으며) 드디어 다 옮겼다. 영희야 고생 많았어.
영희	(밝은 목소리로) 네가 고생 많이 했지. 저 많은 박스 거의 다 네가 옮겼잖아.

마네퀸 ¶

— 한민혁

도서관 내부, 조명이 켜진다. 도서관 책꽂이 사이에서 둘이 우연히 부딪힌다.

프란시스 (혼잣말로) 와, 이 여자… 진짜 예쁘다. 하지만 내 감정을 이길 수는 없나 봐.

레베카 어머, 괜찮으세요? 혹시 우리 어디서 보지 않았어요?

프란시스 (웃으며) 네, 저는 처음 뵙는 거 같은데요.

레베카 (머리를 귀 뒤로 넘기며) 아, 여기서 자주 뵌 거 같아서요.

프란시스 아, 저 여기서 알바해요. 제 이름은 프란시스예요. 그쪽은요?

레베카 (조곤조곤하게 웃으며) 아, 저는 알바 같은 거 안 해요.

레베카가 책을 고르며 주변을 둘러본다.

레베카 (레베카는 정리된 책들을 망가트리며 책을 든다) 이 책 추천해 줄 수 있을까요?

프란시스 (책 제목을 보며) 마네퀸 괜찮아요. 제가 그 책을 제일 좋아해요.

레베카 (신기하게 보며 웃는다) 네!

레베카가 책을 빌리러 가는 동안 프란시스는 혼잣말을 한다.

프란시스 (혼잣말로) 왜 이렇게 레베카가 마음에 드는 거야? 나의 마네퀸. (레베카에게 핸드폰을 건네며) 혹시 번호 좀 물어봐도 될까요? 나중에 좋은 책 찾으면 추천해 드리겠습니다!

레베카 (당황한 듯 웃으며) 아… 네! 좋아요! 여기 있어요. (번호가 달린 종이를 건넨다)

레베카는 책을 빌려 도서관에서 나간다. 레베카가 떠난 후 프란시스는 서점 컴퓨터를 열어 그녀의 뒷조사를 시작한다.

프란시스 (컴퓨터 타자를 굉장히 빠른 속도로 치기 시작한다) 레베카… 엄청 흔한 이름인데 찾을 수 있을까? 하… (손가락을 빠르게 움직이며) 얘도… 다 아니야! (스크롤을 갑자기 멈추며 눈동자가 똥그래진다) 어? 금발에다가, 파란색 눈, 도톰한 입술… 레베카! (프란시스의 입가는 점점 올라간다) 프로필이 공개네. (클릭 소리는 점점 빨라지며 눈동자 또한 빠른 속도로 화면에 있는 정보를 습득하기 시작한다) 음… 그렇지. 이래야지… 미시간 대학교…. (레베카가 나온 사진들 위주로 정보를 보기 시작한다) 상위층에 속해있군… 아빠 돈인가? 친구 대충 2명 정도고… 조 말론 향수를 쓰네. (허공에다가 코로 엄청난 공기를 들이마시며) 냄새… 좋아. (웃으며) 남자친구는 없네.

어린 학생이 도서관에서 뛰며 정리된 책을 땅바닥에 떨어트린다. 프란시스는 그 소리를 듣자 바로 그 떨어져 있는 책을 주운 뒤 그 책을 다시 정확히 배열한다.

프란시스 (혼잣말로) 절대 변하면 안 돼….

ː 2장 ː

유명 레스토랑 개인실.

레라 (마스카라를 고치며) 아니, 오늘 기사 드라이버 시발 진짜 아저씨 스멜 쩔어….

베카 (인상을 찌푸리며 징징댄다) 아니, 나 진짜 오늘 오빠가 구찌 가방 사준다고 했는데. 에르메스 가방 에바야.

레베카가 개인실로 들어온다.

레라	(훤한 미소를 띠며) 오 레베카, 안녕! 진짜 진짜 화장 아주 잘 먹었다. 오늘!
베카	(핸드백을 만지며) 와! 구찌 핸드백 진짜 부럽다! 요번엔 아이돌? 배우? 운동선수?
레베카	(미소로 두 친구를 반기며 수줍게) 에이, 뭘! 아빠가 사준 거야.
레라	(심란한 표정으로 핸드폰을 스크롤 하며) 아니 진짜 짜증나. 내 아빠 무슨 계속 욕먹고 있냐… 또 기사 떴어. 이거 봐봐. "스위트 기업 한국 건설 산업 2,000억 투자". 여기 기사 댓글에 왜 내 얘기가 나오냐고.
베카	너희 아빠 또 기사 떴어? 무슨 매일 뜬데?
레라	(얼굴을 찡그리며) "레라는 그냥 꿀 인생이네." (소리를 지르며) 아, 진짜 짜증나! 시발 거지새끼들이 진짜 말이 많아. 부모가 거지면 일을 할 생각을 해야지. 더럽게 진짜.
베카	(레라를 무시한 채 혼잣말로) 아, 진짜 오늘 화장 제대로 안 먹혔네. (파운데이션을 꺼내며 볼에 화장이 잘 안 먹힌 부분을 채운다)
레베카	(핸드폰으로 남자 사진을 보여준다) 얘 진짜 잘생기지 않았냐? 심지어 야구도 잘해.
베카	(눈썹을 찡그리며) 그래서 뭐? 얘 진짜 없어 보인다. (핸드폰을 보며 스크롤을 한다) 어? 뭐야 레베카, 너 어떡해. 너 기사 뜬 것 같아! 너 학폭 논란 떴는데?
레베카	(당황한 듯 두 눈을 크게 뜨며) 뭐, 뭐? (스마트폰을 두드린다) 이게 뭔 개소리야! 뭐 기사?! 하…. (손으로 얼굴을 감쌌다가 벌떡 일어나며) 아, 미치겠다.
레라	(베카의 눈치를 보며) 뭐야? 네가 왜 학폭이 뜨지? 말도 안 돼.

이거 누가 신고한 거야….

베카 (웃으며) 진짜 웃기지 않냐? 레베카 이렇게 한방에 시발 나락 가네.

레베카 (고개를 갸우뚱거리며) 설마… 이거 너희가 한 짓이야?

베카 (헛웃음을 날리며) 뭐? 야, 레베카! 아무리 네가 시발 나락을 가도 그렇지. (삿대질하며) 네가 그래도 되겠어? 네가 뭔데 우리를 의심하고 지랄이야!

레베카는 울음을 숨기며 무대 왼쪽으로 나간다. 나가며 프란시스에게 만나자고 문자를 건넨다.

⋮ 3장 ⋮

집 근처 인도 길.

레베카 (힘없이 프란시스 쪽으로 걸어오며) 하… 당했어.

프란시스 (레베카의 등을 토닥이며) 괜찮아요? 기사 봤어요.

레베카 (눈을 찡그리며) 레라와 베카, 걔네 둘이야… 레라가 기자들이랑 친해서 하…. (두 손으로 머리를 붙잡으며 땅을 내려본다) 하, 그 새끼들 진짜 어떻게 하지? (의미심장한 표정을 지으며) 진짜 그냥 죽이고 싶어. 아무도 모르게.

프란시스 (레베카를 안으며 머리를 토닥인다) 레라랑 베카요? (억양이 높아지며 목소리가 점점 커진다) 걔들이 한 짓이에요?

레베카 딱 봐도 걔들 짓이야. 처음이 봤을 땐 안 이랬는데…. (한숨을 내뱉으며) 변했어….

프란시스 (화들짝 놀라며) 사람이 변해요? (중얼거리며) 변하는 건 안 좋은 건데.

레베카	(눈이 슬슬 풀리고 다릿심도 같이 풀린다) 너무 힘들어…. 그냥
	집에 가고 싶어. 나도 걔들 때문에 요즘 변하고 있는 것 같아…
	원래 안 이랬는데.
프란시스	(허공을 쳐다보며 혼잣말로) 변해….

레베카와 프란시스는 그날 저녁 각자의 집에 도착한다. 그날 밤, 비가 오며 기온이 영하로 내려간다. 레베카는 학교에 놓고 온 물건이 있어 호신용 칼을 들고 학교로 떠난다. 동시에, 프란시스는 그날 밤 서재가 물이 샐 것 같아 망치를 들고 집을 떠난다.

⋮ **4장** ⋮

사이프 교수실. 다음 날 아침 미시간 대학교 사이프 교수 교실에서 강의 진행된다. 레베카는 앞줄에 앉아있고 프란시스는 레베카 바로 뒤에 앉으며 수업을 듣고 있다. 조명이 켜진다.

사이프 교수	(연필로 그래프의 한 부분을 짚으며) 자, 이래서 변곡점이 여기
	고 x축이 여긴 거야. 알겠지? (핸드폰이 울려 확인하며 혼잣말
	로) 잠시만…. (눈을 부릅떠 핸드폰을 재확인하며) 자, 우리 휴
	강이에요. 갑작스러운 소식에 죄송합니다.

교실은 웅성거린다. 학생들은 당황을 한 채 의구심을 품는다.

학생 1	(눈치를 보며) 아니… 너 들었어? 학교 캠퍼스 3층 화장실에서
	누가 레라랑 베카를 책으로 죽였대.
학생 2	(손으로 입을 막으며 놀란 표정으로) 진짜로? 말도 안 돼 책으
	로? 사람을? 미친 거 아니야? 미친놈인가?

| 학생 1 | 근데 걔들이 레베카 학폭 기사 퍼트렸다는 소문이 있잖아? 레베카가 빡쳐서 죽인 걸 수도 있는 거 아니야? |

학생들은 서로 웅성거리며 레라와 베카의 살인이 캠퍼스 내에서 일어났다는 소문이 퍼진다. 어느 순간, 학생들의 눈빛은 모두 레베카에게 향해있다. 레베카는 무대 중앙 혼자 놓이게 된다.

| 학생 1 | (큰소리로 외치며) 아니, 네가 기사 때문에 빡쳐서 죽인 거 아니야? |
| 학생 2 | (조곤조곤하게) 그래···. |

교실은 다시 웅성거리기 시작한다. 레베카는 모두의 의심을 받고 있으며 학생들의 눈빛은 변하기 시작한다. 프란시스는 인파 속을 뚫어 레베카의 손목을 잡은 뒤 그녀를 서재로 끌고 간다.

ː 5장 ː

도서관 지하실.

레베카	(프란시스의 손을 붙잡으며) 아니, 나 아닌데 왜 다들 나만 의심하는 거야 진짜. (울먹이며) 나 사람 어떻게 죽이는지도 몰라.
프란시스	(레베카를 감싸며) 알아요. 레베카가 안 죽인 거 알아요···. 괜찮아요. 울지 마요.
레베카	(눈가에 눈물이 고이며) 하··· 진짜 너무 스트레스받아.

프란시스, 레베카의 눈물을 닦아준다.

프란시스	울지 마요. 괜찮아요. 제가 죽였으니까 이제 걱정 안 해도 돼요. 걔들은 제가 잘 처리했어요. 이제 스트레스받지 말고 행복하게 살아요.
레베카	(화들짝 놀라며 프란시스의 손을 뿌리친다) 뭐라고? 이 미친 살인자 새끼야, 손 갖다 치워. 네가 레라랑 베카를 죽였다고?
프란시스	(당황하며) 네, 제가 죽였어요. 레베카가 너무 힘들어하고 스트레스받고 변하길래, 걔들만 없으면 된다고 생각했어요. 전 레베카를 사랑하는 마음으로 했다고요! (울먹이며) 다 레베카를 위한 짓이었어요. 저는 사실 레베카를 사랑해요!
레베카	(헛웃음을 뱉으며) 와, 이 아주 쌍 또라이네. (삿대질하며) 너… 경찰에 신고할 거야. (서재 지하실 문 쪽으로 빠르게 걸어가며) 얼른 경찰에 신고부터 해야겠다.

프란시스는 레베카를 서재 지하실 윈도우룸에 강제로 가둬놓는다.

프란시스	(얼굴을 윈도우룸 창문에다가 갖다 대며) 레베카… 일단 진정 좀 해요. 제가 알던 레베카가 아니에요. (머리를 움켜쥐며) 변하지 말라고!
레베카	(윈도우룸 창문을 치며) 나 여기서 내보내! 내보내라고!

정적이 흐른다.

프란시스	(표정이 굳으며) 거기가 어딘지 알아? 각 책의 초본들과 한정판 책들은 다 거기에 보관되어 있어. 그런 책들은 특정 온도, 습도, 조명에 안 보관되어 있으면 변하거든.
레베카	(당황하며 윈도우룸을 두들긴다) 이 미친놈아, 나 나갈래. 내가 어떤 사람인 줄 몰라서 이러는 거야?
프란시스	난 적어도 넌 안 변할 줄 알았어. 책들이 좋은 게 뭔지 알아? 책들은 안 변해. 난 변하는 게 너무 싫어. 뭐랄까? 치부를 보여주

는 것 같잖아. 너 틀렸어.

레베카   (눈을 굴리며) 프란시스 미안해요. 사실 제가 잘못한 것 같아
       요. 한 번만 봐주세요. 사랑해요.

프란시스는 주변의 안 변하는 책들 사이에서 점점 변해가고 있는 레베카를 칼로 무
참히 살해한다. 레베카의 피는 초반 책의 태교 표지에 튄다.

프란시스   (아직 따듯한 시체를 보며) 이제 안 변하겠네. (씩 웃는다) 나의
       마네퀸.

ICD-11 ¶

一 이동진

창밖에 철창이 보이는 정신병원 폐쇄병동. 환자복 입은 여자 환자, 텅 빈 눈빛으로 멍하니 창밖만 본다.

간호사1　　　환자분, 약 드실 시간이에요. (약 건네면서)

여자는 말없이 약을 받는다. 간호사1은 약 건네주고 환자의 방을 나온다.
간호사2, 한쪽에서 차트 보고 있다.

간호사1　　　(호기심에 찬 눈빛으로) 저분은 왜 입원했어요?
간호사2　　　(텐션 오르며) 몰랐어? 뉴스 나왔잖아? (목소리 낮춰 주위 살피
　　　　　　　　며) 그 집 애들이 ICD-11이었어.
간호사1　　　(놀라서 입 막으며) 진짜요? 그 ICD-11 걸린 애들 집이었어요?
　　　　　　　　불쌍해서 어떡해.
간호사2　　　(안타까운) 그러게. 하루아침에… 안됐지 뭐야.

암전됐다가 환해지자 무대가 평범한 아파트 거실로 바뀐다. 거실 좌우로 동민의 방, 유민의 방으로 통하는 문이 각각 있다. 소파에 앉아있는 엄마. '띠리릭' 도어락 열리는 소리가 나고 동민, 유민 들어온다.

동민　　　　(꾸벅 인사하는) 다녀왔습니다. (조용히 자기 방으로 들어간다)
유민　　　　(발랄하게 애교 섞인 말투로) 엄마~! (달려가 조르는) 나 스마
　　　　　　　　트폰으로 바꿔주면 안 돼? 스마트폰~

엄마	(단호하게) 야가 지금 머라카노. 뭐 말도 안 되는 소리를 하고 있노.
유민	(아기처럼 떼쓰면서) 아니, 애들은 다 스마트폰 쓰는데 이 키즈폰은 구려서 쪽팔리고 못 쓰겠단 말이야~
엄마	(마음이 바뀔 생각이 전혀 없는 표정으로) 니는 그걸로 됐다마. 누가 스마트폰 사준다 카드노.
유민	(포기를 못 하며) 오빠는 스마트폰 쓰잖아.
엄마	(끝까지 단호하게) 오빠는 중학생 아이가. 인강도 듣고 공부 할려면 필요하다카이.
유민	(끝까지 우기며) 나도! 나도 필요하다고!!
엄마	(언성이 조금 올라가며) 이유민!!!! 됐다마!!! 학교 댕겨왔으모 후딱 숙제나 해라. 동민이 니는 숙제 다했나~~
동민	(침착한 목소리로) 네.
엄마	(비교하는 말투로) 바라~ 오빠야는 벌써 숙제도 다해놓고 전교 일등하는데. 니는 학원 숙제도 꼴등으로 해놓고 무슨 스마트폰 같은 소리하고 앉아있노.
유민	(짜증난 표정과 목소리로) 엄만 맨날 오빠랑 비교해. 됐어! 말 안 해. (방으로 들어가버린다)
엄마	(깊게 한숨을 쉰다)

암전됐다가 밝아지면 동민, 유민, 엄마 식탁에 앉아있다. 식사 거의 끝나간다.

유민	(떠보는 말투로) 엄마 아이패드 사주면 안 돼? 그건 핸드폰이랑 다르게 공부할 때 도움이 되는 거야.
엄마	(못 미더운 말투로) 니 진짜 그거 사주면 잘할끼가~~ 니 또 잔머리 굴리는 거 아이가~ 동미나~ 유미니 말이 진짜 맞는기가~
유민	(동민에게 입 모양으로 '말 잘해라'라고 사인 보낸다)
동민	(유민과 눈 마주치고는 덤덤하게) 네, 아이패드는 도움되죠.
엄마	그라모 (생각하다가) 알았다.

유민	(기뻐서 소리 지르는) 와!!! (엄마에게 달려가 안기며) 고마워 엄마. 나 진짜 공부 열심히 할게.
엄마	(살짝 웃으며 잔소리하는) 그라모 후딱 방에 드가서 공부나 해라. (식탁 정리하기 시작한다)

ː 3장 ː

동민, 유민. 동민의 방으로 들어간다. 동민의 방 벽에는 커다란 디지털 벽시계 걸려 있다.

유민	(5만 원 지폐를 동민에게 내밀며) 에이씨, 초딩한테 겁나 야박하네.
동민	(우쭐해 하면서 돈을 챙기며) 손흥민도 어시스트가 있어야 골을 넣지. 내가 그 완벽한 어시스트를 해준 거잖아. 다음엔 6만 원이야.

암전됐다가 밝아지면 동민과 유민이 보인다. 동민은 방에서 공부를 하고 있고, 유민은 아이패드로 시끄럽게 소리 내며 게임을 하고 있다.

동민	(귀찮은 듯이) 소리 좀 꺼라.
유민	(게임 열중해 아이패드에 시선 고정하고) 싫으면 오빠가 딴 데 가든가.
동민	(열을 갑자기 확 받은 말투로) 쫌 가라고!
유민	(살짝 약 올리며 도발하는) 오빠, 나랑 한판 할래? 오빠가 이기면 꺼져줄게.
동민	(조금 궁금해하며) 무슨 게임인데?
유민	(신나서) 배틀 언더그라운드 있잖아. 그 총 쏴서 죽이는 게임.

| 동민 | (침착해지며 승부욕 보이는) 오케이. 대신에 그럼 만 원빵 콜? |

동민, 유민 게임을 시작한다. 게임 진행될수록 유민의 앞에 만 원짜리 지폐가 한 장씩 쌓인다. 돈을 놓을 때마다 동민의 표정은 점점 썩어가고 유민의 표정은 점점 신나진다. 만 원짜리 다섯 장 놓이고 게임 끝난다.

유민	(신나서 만 원짜리 집어 흔들며) 앗싸! 오빠한테 뜯긴 돈 다 찾았다. (놀리는 말투로) 오빠 그렇게 다섯 판 연속 나한테 죽으면 어떡해~ 진짜 개못해.
동민	(열 받아서) 이따 다시 해.
유민	(약 올리며) 괜찮겠어? 오빠 세뱃돈까지 전부 내 거 되겠네.
동민	(언성이 올라가며) 너 죽인다. 그만 까불어.
유민	(살짝 열 받아 하며) 자기가 져놓고 왜 지랄이야. 진짜 참나.
엄마	(목소리만) 이유민, 오빠 귀찮게 말고 나와서 공부하구로. 오빠 공부해야 된다 안 했나.
유민	(끝까지 약 올리며) 엄마가 오빠 살렸네. 이따 이겨보든가. (나간다)

혼자 남은 동민. 열 받은 표정으로 핸드폰 집는다.

동민	(살벌한 말투와 표정으로) 이유민, 가만 안 둬.
게임나레이터	(밝고 명랑한 목소리로) 배틀 언더그라운드, 게임을 시작하시겠습니까?
동민	(결연하게) 고!

동민의 방 벽이 스크린처럼 활용되며, 게임 속 영상이 재생된다. 동민, 핸드폰을 칼처럼 고쳐 쥐고 벽에 재생되고 있는 영상 속 게임 캐릭터들에게 다가가 칼로 찌른다. 캐릭터들이 칼에 찔릴 때마다 게임 속 캐릭터에서 코인이 튀어나온다.

| 게임나레이터 | (목소리만 밝고 명랑하게) 저희 배틀 언더그라운드는, 캐릭터를 숏 나이프로 킬 할 때마다 코인이 나오는 이벤트를 제공하고 있습니다. 코인은 게임 속 무기를 구매할 때 사용할 수 있습니다. 더. 더. 많이 캐릭터를 킬해주세요. |

동민, 캐릭터 킬하는데 몰입한다. 게임 효과음이 울려 퍼지는 가운데 동민의 방 벽에 걸린 커다란 벽시계의 시간은 빠르게 흘러간다.

| 엄마 | (목소리만) 동민아, 유민아! 엄마 장보고 올낀게 둘이 딱 공부하고 있으라이~ |

'띠리릭' 문 열렸다 닫히는 소리가 들린다. 동민은 곧장 유민의 방으로 간다.

동민	(흥분한 상태로 유민의 방문을 열며) 야, 이유민! 다시 해. 너 이번엔 내가 먼저 죽인다.
유민	(여유만만하게) 확실해? 오빠 개못하잖아.
동민	(짜증난 말투로) 뭐래. 됐고 빨리 해.

둘은 게임을 시작하지만 유민이 이번에도 이긴다.

유민	(환호하며 손 들어올리는) 앗싸! 또 이겨버렸네!!
동민	(흥분한 목소리로) 야! 비겁하게 뒤에서 쏘는 게 어딨어!
유민	(뻔뻔하게) 뭐 어쩌라고~ 이기면 그만이지.
동민	(흥분하다 차가워지는) 이렇게 나온다 이거지? 두고 봐.

동민, 자기 방으로 돌아와 스트레스받은 상태로 방 안을 왔다 갔다 하다가 책상 위에 있던 물건들을 바닥에 집어 던진다.

| 동민 | (혼잣말로 중얼대며) 코인. 코인이 필요해. 이유민 조질려면 코 |

인이 필요하다고! (게임에 몰두하기 시작한다)

동민의 방 벽에 게임 영상이 재생되고, 동민은 캐릭터를 계속 칼로 찌른다. 동민 방 벽의 벽시계는, 눈이 어지러울 정도로 시간이 빠르게 흐르고 동민의 움직임도 마치 춤을 추듯 빨라지는데. 갑자기 방문 벌컥 열린다. 게임 효과음, 벽시계. 일시에 멎으며 불길한 정적이 흐른다.

유민	(들어와 동민 방 벽에 재생되고 있는 영상 앞에 가서 서서 해맑게) 오빠, 뭐해?
동민	(멍한 표정으로 서서 유민을 바라보고 있는데)
게임나레이터	(목소리만 밝고 명랑하게) 코인은 게임 속 무기를 구매할 때 사용할 수 있습니다. 더. 더. 많이 캐릭터를 킬해주세요. 더 더 많이 캐릭터를 킬해주세요.

⁝ 4장 ⁝

암전됐다가 밝아지면 마트 안으로 배경이 바뀐다. 엄마, 장바구니를 팔에 걸고 마트 안을 둘러보고 있는데, 수은, 아는 척하며 엄마에게 다가온다.

수은	(반가운 말투와 표정으로) 어머 유민 엄마~ 여기서 다 보네.
엄마	(똑같이 반기며) 그랗게~ 지은이 엄마 아이가~~
수은	(친근한 말투로) 그나저나 유민이는 잘 지내?
엄마	(한숨을 쉬며 푸념하는 말투로) 어휴 말도 마라~ 게임에 완전 빠져가꼬… 동민이 반에 반이라도 따라가믄 얼마나 좋긋노~ 동민이는 게임 같은 건 쳐다도 안 본다카든데
수은	(대수롭지 않은 듯 가볍게) 동민이도 신경 써. 그 나이 때 중딩 남자애들. 게임 빠지면 정신 못 차릴걸?

| 엄마 | (대수롭지 않게 여기며 웃는) 동민이 그 아 모르나?? 그 아는 공부뿐이 몰라~ |

꞉ 5장 ꞉

암전됐다가 밝아지면 집 거실로 들어오던 엄마가 장바구니를 떨어뜨리며 주저앉는다. 거실 바닥에 쓰러져 있는 유민을 칼로 찌르고 있는 동민. 게임 효과음 울리기 시작한다.

| 동민 | (정신이 나가서 멍하니 게임 속 나레이터의 말을 따라 하는) 더 더 많이 캐릭터를 킬해주세요. 더 더 많이 캐릭터를⋯. (괴성을 지르며) 시발 죽이는데 왜 코인이 안 나와!!! |
| 엄마 | (충격으로 절규하는) 아아아아아악!!!!! |

엄마의 비명을 찢어질 듯한 게임 효과음이 덮으며 암전.

데이드림 ; 백일몽 ¶

— 최정민

파리, 프랑스. 큰 창문을 덮고 있던 두꺼운 보라색 커튼이 걷어지며 조명이 조금씩 밝아진다.

하녀 1   (침대 옆쪽에 있는 테이블에 찻잔을 조심스레 올려두며) 공주
               님, 일어나실 시간이에요.
메리안   (반쯤 잠긴 목소리로) 벌써?
하녀 1   (메리안의 아침용 드레스를 마네킹에 걸며) 아침식사 드셔야
               죠. 폐하께서는 벌써 내려가 계십니다.
메리안   (침대에서 뛰어 내려오며 소리친다) 뭐? 아버지께서는 이미 가
               계신다고? 빨리 안 깨우고 뭐 했어!
하녀 1   (물수건으로 메리안의 얼굴을 닦아주며 시무룩한 목소리로)
               죄송합니다. 공주님…
메리안   (하녀의 손을 탁 쳐내며 짜증이 섞인 말투로) 됐어. 이제 와서
               뭘….

메리안이 빠른 걸음으로 하녀들이 열어주는 문을 박차고 식당과 연결되는 계단을 내려간다. 그녀의 하녀들 역시 두 손 가득 그녀의 빨래와 미용품들을 들고 그녀를 따라 계단을 내려간다.

스포트라이트가 로베르의 정수리 쪽을 비춰, 로베르의 얼굴에 그림자가 진다. 하얀색 식탁보 위의 수저들은 반짝인다.

로베르	(구석에 서 있는 할아버지 시계를 쳐다보며 단호한 말투로) 어떻게 한 번도 정시에 나오는 날이 없느냐! 공주가 가장 먼저 일어나 부모를 기다리는 게 왕실 기본 예의 아니더냐!
메리안	(바닥을 쳐다봄과 동시에 귀를 어루만지며 떨리는 목소리로) 죄송해요. 아버지, 앞으론 조심할게요.
로베르	(와인잔을 내려놓고 버럭 하며) 그 변명만 도대체 몇 번째인지! 더 이상 실망시키지 않기로 하지 않았느냐. 그리고 그 귀 만지는 습관도 고치라고 수만 번 얘기했다. 이래서야 프랑스를 대표하는 공주가 될 수 있겠느냐.

로베르는 식사를 중단해 버리고 그의 방을 향해 걸어간다. 그 옆에 서 있던 하녀들도 하나둘 그를 따라 천천히 걸어간다. 메리안은 텅 빈 식당에 홀로 앉아 접시 위에 올려져 있는 팬케이크를 깨작거린다.

ː 3장 ː

메리안이 다시 방으로 돌아와 다른 공주들과의 피크닉 준비에 나선다.

하녀 2	(구석에 놓여있던 가방을 들어올리며) 공주님이 어제 챙기라고 하신 거 다 챙겨두었습니다.
메리안	(가방 안에 들어있는 물건들을 훑으며) 음 다 챙긴 것 같네. (화장대에 올려져 있는 에메랄드 귀걸이 쪽으로 고개를 까딱하며 무심한 말투로) 저것도 챙겨.

하녀가 가방을 내려놓고 귀걸이를 가져와 메리안의 귀에 걸어준다. 초록색 드레스와 에메랄드 귀걸이가 어우러지며 반짝이는 메리안이 게이트 쪽으로 계단을 내려간다. 궁전 게이트에는 금색 마차가 대기하고 있다. 마차 주변에는 집사들이 흥분

한 말들을 진정시키고, 하녀들은 메리안의 짐을 짐칸에 힘겹게 욱여넣는다.

운전사   도착하는 데까지 시간이 좀 걸리니 한숨 주무시지요. 공주님.

메리안   (드레스 치맛자락을 정리하며 무심하게) 응.

⋮ 4장 ⋮

마차가 피크닉 장소에 가까워지지만, 이내 갑자기 마차가 심하게 흔들린다.

메리안   (운전수 쪽을 쾅쾅 치며 떨리는 목소리로) 뭐야? 방금 뭐였냐
             고 묻잖아!

운전사   (놀란 말들을 진정시키려 애쓰며) 죄송합니다. 공주님! 말들이
             또 흥분했나 봅니다.

메리안   (헝클어진 머리를 정리한 뒤 귀를 만지작거리며) 운전 좀 똑바
             로 해! 놀랐잖….

메리안의 말이 끝나기 무섭게 말들이 흥분을 가라앉히지 못하고 왼쪽으로 몸을 틀
어, 옆 호수에 빠져버린다. 마차는 완전히 뒤집히고, 물이 점점 차오른다.

메리안   (발음이 무뎌지고 숨을 가쁘게 쉬며) 읍…!

⋮ 5장 ⋮

눈을 뜬 메리안은 허름한 집 침대에 누워있다.

에마(메리안)	(눈을 번쩍 뜨고 다급하게) 헉… 여긴 어디지?
플로리앙	(에마 이마 위에 올려있는 물수건을 치우며 걱정된다는 말투로) 에마! 정신이 들어? 도대체 무슨 일이야!
에마	(플로리앙에게서 멀리 떨어지며 겁에 질린 목소리로 귀를 만지며) 뭐! 너 누구야? 내가 왜 이런 다 무너져 가는 집에 누워 있는 거지? 에마가 누구야?
플로리앙	(당황스럽다는 말투로) 무슨 말을 하는 거야. 여기 우리 집이잖아. 기억 안 나?
에마	(거울을 보고 당황한 말투로) 뭐라는 거야. 집사 주제에… 어? 저거 누구야? 저게 지금 나라고? 저렇게 구린 드레스를 입고 있다고? 내 액세서리들은? 내 귀걸이는?
플로리앙	(놀란 메리안을 진정시키며) 왜 그래? 일단 진정하고 찬찬히 얘기해 봐.
에마	(플로리앙의 손을 뿌리치며) 더러운 손을 감히 공주한테!
플로리앙	니가 뭔 공주야? 정신 차려! 세상 사람들한테 물어봐. 니가 공주 같나!
에마	(뭔가 깨달았다는 말투로 문을 박차고 나가며) 아…. (행인의 팔을 붙잡으며 간절한 말투로) 이봐! 내가 바로 이 나라의 공주다. 빨리 나를 궁전으로 안내하도록!
행인	(에마를 위아래로 훑어보며 어이없다는 말투로) 뭐라는 거야? 미친 것이. 어딜 감히 평민 따위가 양반 옷을 잡아!
에마	(길 한가운데에서 소리치며) 내가 진짜 누군지 모르겠느냐! 내가 이 나라의 공주란 말이다! 왜 다들 날 알아보지 못하는 거야? (계속 움직이는 사람들 속에 혼자 서서 혼잣말로) 어? 뭐야? 여기 어디지? 아씨 여기 길도 모르는데… 더러운 길바닥에서 잘 수도 없고… 무슨 수로 그 집을 다시 찾지?

에마는 수많은 사람들이 지나다니는 길을 혼자 방황한다. 멀리서 플로리앙이 에마를 찾는 소리가 들린다. 소리가 점점 가까워지자 에마와 플로리앙이 재회한다.

플로리앙   (가쁜 숨을 고르며 다정한 말투로) 에마… 괜찮아? 걱정했잖아… 다친 곳은 없지? 다시 집으로 가자. 저녁 다 만들어놨어.

에마   (긴장이 풀린 듯 눈물을 흘린다) 으응… (혼잣말을 한다) 뭐야. 나 왜 방금 쟤 말대로 움직였지? 그치만 지금은 너무 힘들어… 어쩔 수 없지. 그냥 가지 뭐….

플로리앙은 에마를 부축하여 집으로 걸어간다. 그때 에마의 왼쪽 주머니에 있던 에메랄드 귀걸이가 길바닥으로 툭 하고 떨어지고 작은 스포트라이트가 귀걸이를 비춘다. 하지만 그들은 알아채지 못한 채 계속 걸어간다.

ː 6장 ː

플로리앙이 문을 열자 노란 오일램프 불빛이 에마를 감싼다. 테이블 위에는 플로리앙이 준비한 소박한 저녁식사가 준비돼 있다.

에마   (식탁에 앉아 포크로 밥을 건드려보며 탐탁지 않다는 말투로) 이걸 지금 나보고 먹으라고?

플로리앙   (실망한 어조로) 그래도 너가 좋아하던 거로 한 건데….

에마   (한 입 먹어보고 놀라는 어조로) 뭐야, 이거 생각보다 먹을 만하네?

플로리앙   (자랑스럽다는 말투로) 당연하지. 누가 만들었는데. 체하지 않게 천천히 먹어. 저기 더 많이 있어.

에마의 눈에 눈물이 고이기 시작한다.

플로리앙   (놀라며) 왜 그래? 맛없어?

에마   (눈물을 흘리며) 아니… 그냥 이렇게 누구랑 같이 밥 먹는 게 너무 오랜만이야… 다 드시면 바로 식당을 나가시던 아버지 때문에 매일 혼자 밥 먹었는데… 맨날 꾸중만 하시는 아버지 곁에 있으면 너무 숨이 막히는 기분이었어….

플로리앙   (휴지를 건네주고 웃으며) 뭔 소리야. 요새 뭐 공주가 되는 꿈이라도 꿨나 봐? 평소에 그렇게 공주가 되고 싶다더니.

에마는 피식 웃고 그의 말을 넘긴다. 둘은 식사를 마치고 식탁을 치운다.

⁑ 7장 ⁑

순찰을 도는 궁전 경비원들이 길바닥에 떨어져 있던 메리안의 귀걸이를 줍는다. 그들은 메리안의 것인 걸 인지하자 바로 검문을 시작한다. 마침내, 에마와 플로리앙이 있는 집에 도착한다.

경비원   (낮은 톤의 목소리로 단호하게) 잠시 검문 있겠습니다.

플로리앙   (살짝 겁먹은 목소리로) 무슨 일이시죠?

경비원   (집을 뒤지며) 현재 혼수상태이신 공주님의 귀걸이가 댁 집 근처에서 발견됐습니다.

에마   (침대 위에 앉아 혼잣말을 하며) 쟤한테 잘 설명하면 믿어줄 것 같은데. 그래도 몇십 년 동안 보고 살았던 사람인데. 지금이라도 말할까? (경비원 쪽으로 걸어간다. 그러다 식탁을 보고 멈칫하며 혼잣말로) 근데 다시 궁전으로 돌아가면 이런 따뜻함… 느낄 수 없겠지? 내 곁에 누군가가 있다는 느낌… 나를 진심으로 걱정하던 사람은 아무도 없었는데…. (경비원이 들고 있는 귀걸이와 집을 번갈아 쳐다보며) 저거 그래도 엄청 비싼 건데… 게다가 이런 다 쓰러져가는 집에서 하녀들 없이 어떻게 살아.

에마는 다시금 용기를 안고 경비원이 있는 쪽으로 걸어간다.

플로리앙   (어이없어하며) 글쎄 없다니까요? 본 적이 있어야 뭘 하지.
에마   (플로리앙의 말을 끊으며) 여기엔 공주님 안 계세요. 이제 다른
                집 찾아보셔도 될 것 같아요.

경비원은 문을 닫으며 의심스러운 눈빛을 주곤 다른 집을 향해 걸어간다.

플로리앙   (의아해하며) 뭐야, 아까는 자기가 공주라고 우기더니?
에마   아니, 그냥…. 에마라는 이름 맘에 드네. 이제 자러 갈까?
플로리앙   오늘 진짜 왜 저래?

플로리앙과 에마는 나란히 침대에 누워 스르륵 눈을 감는다.

⁚ 8장 ⁚

텍사스, 미국.

상담사   (조곤조곤한 말투로) 네, 천천히 다시 눈 떠주세요.

루이즈가 베이지색으로 인테리어가 되어있는 현대식 환자실에서 눈을 뜬다. 환한
조명이 루이즈의 눈을 비춘다.

루이즈   (깜짝 놀라며) 여기 어디야? 플로리앙은?
상담사   (살짝 웃으며) 요즘은 설정이 19세기 쪽으로 바뀌셨네요?
루이즈   (귀를 만지작거리며) 나는 프랑스 공주 메리안이야. 아, 에마라
                고 해야 하나?

상담사	(옆에 있는 간호사에게 얘기하며) 14번 환자 루이즈 윌리엄즈, 약 더 센 거로 해주시고요. 약 무조건 매일 먹게 하세요. 조현병이 가장 무서운 병인 거 몰라요? 얼마나 환자를 대충 관리했으면 이 모양이에요?
간호사	저희도 이 환자 공주 어쩌고 헛소리 듣는 거 힘들어요. 어쨌든 이만하면 진단 다 된 거 같고 약 처방할게요.
루이즈	플로리앙 어디 있느냐고!

상담가와 간호사가 병실을 문을 닫고 나간다. 루이즈는 혼자 베이지색 인테리어의 방 안에 갇혀 플로리앙을 찾다가 조명이 꺼지고 막이 내린다.

카드 중독¶

— 김성현

2021년 5월, 소리 하나 없는 깜깜한 밤, 김관형은 손을 주머니에 넣은 채 편의점 알바를 끝내고 집으로 향한다. 가로등 몇이 초록색 보도를 조명한다.

김관형   (귀찮은 말투로) 아, 썅 5월인데 왜 이렇게 덥냐. 심지어 밤인데 열나 덥네. 집에 가면 또 뜨거운 라면이나 끓여 먹겠네.

김관형은 한숨을 쉬며 가로등 아래에 멈춰 선다.

김관형   (후회와 짜증이 섞인 말투로) 아, 수능만 잘 봤었어도 좋은 대학에 들어갔을 텐데. 21살인데 직업 없지, 운 좋게 들어간 대학은 한 학년 꿇다가 자퇴했지. 이러니까 밤까지 엿 같은 알바를 하면서 불같은 청춘을 낭비하는 게 아니겠어. 지금은 다시 입학하려 해도 재수해야 할 게 뻔한데, 먹고살기도 바쁜데 뭔 공부야.

김관형은 짜증내며 길가에 있던 돌을 걷어찬다. 그의 헐렁한 신발은 돌과 함께 벗겨져 나간다.

김관형   (뒷목을 잡으며) 아, 썅!

신발을 가지러 외발로 뛰어간 김관형은 신발에 깔린 무언가를 발견한다.

김관형   (어리둥절한 목소리로) 어? 이게 뭐지?

김관형은 신발에 깔린 금빛 카드를 집어 들어서 살핀다.

김관형 신용카드인가? (뒤쪽에 적힌 글씨를 무관심한 목소리로 읽는다) 이 신용카드를 손톱으로 긁으면 키가 1밀리만큼 줄지만, (갑자기 놀란 목소리로) 1,000만 원이 통장으로 입금된다? (어이없다는 듯이 웃으며) 허, 어떤 급식충들이 이런 재미없는 몰카를 만들었지? 오냐오냐, 한 번 속아주마.

김관형은 장난삼아 카드를 손톱으로 긁는다. 3초 정도의 정적이 흐른다. 김관형의 핸드폰에 알림이 뜬다. 그는 알림을 확인한다.

김관형 (당황한 목소리로) 어? (잘못 읽었는지 확인하기 위해 또박또박 읽으며) 귀하의 통장에 1,000만 원이 입금되었습니다?

말을 잃은 김관형이 얼어있는 모습으로 조명이 꺼진다.

ː 2장 ː

다음 날 아침, 김관형은 좁은 고시원 방에 앉아서 고민한다.

김관형 (자신을 진정시키려는 자세로 깊은 숨을 내쉬며) 휴, 흥분하지 마, 김관형. 1,000만 원일 뿐이야. 게다가 한 번 나올 때마다 키가 줄어든다고. 조심하지 않으면 호빗 신세를 면치 못할 거야. 한동안은 카드를 쓰지 말고, 어제 생긴 돈으로 당분간 생활하자. (턱을 만지며 생각에 빠진 말투로) 내 한 달 생활비를 60만 원이라고 하면… 딱 1년 반 정도 버틸 수 있겠네. 올해가 2021년이니까, 18개월 후면 가장 가까운 수능은 2022년 11월이네. 카드를 한 번도 다시 긁지 않아도 알바를 그만두고 공부하면 재수할 기회가 있겠는데?

김관형은 주먹을 쥐며 벌떡 일어선다.

김관형   (결연한 말투로) 그래! 이건 그야말로 신이 주신 기회야. 초심을 잃지 않고 1년 동안 빡공하면 재수 쌉가능이다!

말이 끝나기 무섭게 핸드폰에서 전화가 울린다. 김관형은 뭔가를 깜빡했다는 듯이 입을 벌리며 무릎을 친다.

김관형   (깜빡했다는 말투로) 아 맞다! 오늘 영지랑 데이트하기로 했는데!

김관형은 급하게 잠바를 꺼내입고 스테이지 밖으로 퇴장한다. 배경이 조잡하고 시끄러운 도시 한복판으로 바뀐다. 김영지는 누구를 기다리듯이 주위를 둘러본다. 김관형이 멀리서 달려오는 소리가 들린다.

김관형   (소리 지르며) 영지야!

김관형은 김영지 앞에 멈춰 선다.

김관형   (숨이 찬 상태로) 늦어서… 허억… 미안해.
김영지   (신나고 발랄한 목소리로) 에이, 좀 늦을 수도 있지! 그나저나 데이트할 준비는 됐어?

김관형과 김영지는 손잡고 거리를 돌아다닌다. 김영지는 무언가를 포착하고 김관형을 멈춰 세운다. 명품 가게 유리창 뒤에 있는 가방을 가리킨다.

김영지   (장난스럽게 꾸짖는 말투로) 너도 돈 많이 벌게 되면 나 저런 거 사줘야 해!

김관형 턱을 잡고 잠깐 고민한다.

김관형   저거 사줄까?
김영지   (놀라며) 에엥? 저거 얼마인 줄 알고 말하는 거야?

김관형은 자신감 넘치는 듯이 웃으며 팔짱을 낀다.

김관형   (허세가 찬 말투로) 에이~ 내가 저런 것도 못 사줄까 봐?

김관형은 자신감 넘치는 자세로 김영지와 명품 가게 안으로 들어가며 스테이지에서 퇴장한다. 곧이어 조명이 꺼진다.

⁑ 3장 ⁑

김관형이 어두운 고시원 방 안에 있는 컴퓨터 앞에 쭈그려 앉아있다. 초라했던 전에 비해 방이 컴퓨터나 명품 옷 등 비싼 물건이 도배되어 있다.

김관형   (하품하며 피곤한 목소리로) 하아아이씨… 시계나 옷이나 피씨나 평소에 원했던 걸 다 샀는데… 왜 아직도 뭔갈 사고 싶지? 통장도 점점 바닥을 보이는데… 아직 일주일도 안 지났는데 어떻게 1,000만 원을 다 써버린 거지? 이러다가 또 그 카드 긁어야 하는 거 아니야?

김관형은 피곤하다는 듯이 뒤로 눕는다.

김관형   (여전히 피곤한 목소리로 한숨을 쉰다) 휴… '어차피 1년 넘게 남았는데 1주일 정도는 내가 원하는 대로 살면 안 되나? 공부는 언제든 마음먹으면 할 수 있다니까. 그리고 1,000만 원이 뭐 어쨌다고. 원하면 아무 때나 만들 수 있는데.

인터폰이 울리기 시작한다. 김관형이 문을 열어주러 간다.

김관형   (짜증을 내며) 아, 잠 와 뒤지겠는데 시발 누구야!

최준우   (인터폰에서 힘없는 목소리로) 나다. (맥주 봉지를 보여주며) 오늘 맥주 좀 되냐?

김관형은 문을 열어준다. 최준우는 스테이지에 입장한다.

김관형   (띠꺼운 말투로) 최준우 넌 또 왜 오고 지랄임?

최준우   (여전히 힘없는 말투로) 걍 맥주 한잔 하면서 썰 좀 풀려 했지… 요새 힘들었다고… 돈 없어서 대학을 계속 다닐 수 있을지 모르겠고, 중간에 알바도 뛰려니 열나 힘들고….

김관형   (말을 끊으며 깔아보는 말투로) 너 지금 그런 얘기 하면 내가 공감해 줄 것 같아? 내가 너처럼 거지인 줄 알아? (컴퓨터를 가리키며 소리친다) 저거 안 보여? (손목시계를 가리키며 소리친다) 이거 안 보여? (어이없다는 말투로) 지금 니가 내 친구라고 생각해? 지랄하네. 가서 네 수준에 맞는 가난뱅이 병신들이랑 어울려!

몇 초간의 정적이 흐른다.

김관형   (미안하고 뻘쭘한 말투로) 야… 아… 아깐 진심 아닌 거 알지…? 걍 지금 피곤해서….

최준우는 문을 쾅 닫고 나간다. 김관형은 아무렇지 않게 다시 컴퓨터 앞에 않는다.

김관형   (영혼 없는 혼잣말로) 어? 에어팟이네. 에어팟 프로 항상 원했었는데… 한번 지를까?

김관형은 결제하려 하지만, 경고가 뜬다.

김관형   (영혼 없는 목소리로 경고문을 읽는다) 통장에 잔고가 부족합니다?

김관형은 주머니 속에 있는 카드를 꺼낸다.

김관형   (귀찮고 피곤한 목소리로) 한 번만 더 긁어도 상관없겠지… 시간도 많고 키 1밀리가 얼마나 차이 나겠어….

조명이 꺼진다.

⁝ 4장 ⁝

1년 7개월 후. 배경은 한 카페 안. 밖은 겨울이 와서 눈이 온다. 다들 겨울 복장을 하고 있다. 김관형과 김영지는 테이블에 서로를 마주 보고 앉아있다.

김관형   (핸드폰을 보며 무관심하게) 드디어 새해네~ 자기는 2023년에 뭐 가지고 싶은 거 없어? 내가 사줄게.

김관형은 명품 옷과 시계를 일부러 드러나도록 자세를 교정한다.

김영지   (미안한 태도로 무릎을 쳐다보며) 야… 나 사실… 너랑 헤어지고 싶어….

김관형은 핸드폰에서 눈을 떼며 김영지를 쳐다본다.

김관형   (놀라며) 뭐?

김관형은 자리를 박차고 일어선다. 키가 작아진 그는 김영지가 앉아있는데도 내려다볼 정도다(김관형 역이 무릎으로 서면서 표현).

김영지   (미안하고 기죽은 목소리로) 솔직히 말해서… 나는 키가 150 이하인 남자랑 도저히 못 사귀겠어. 아니… 1년 반 전만 해도 너 키 175였잖아… 그때는 힘들어도 겸손하고 대학도 다시 가려고 노력하는 모습이 멋졌었는데… 지금은 돈은 많지만 엄청 재수 없고 별로야….

김관형은 양손에 주먹을 쥐고 극노한 듯이 떤다.

김관형   (화내면서 목소리를 높인다) 너가 감히 지금 나('나' 강조하며)랑 헤어지겠다고? 네가 나를 찰 처지라고 생각해? (소리를 지르며) 도대체 내가 어디가 문제인데 이 고마운 줄도 모르는 게!?
김영지   (어이없다는 듯) 아이씨… 됐어! 나도 처음엔 좀 미안했는데, 너 태도를 보니 내 결정이 틀리지 않았다는 생각이 드네.

최준우가 스테이지에 입장한다.

최준우   (재수 없게 얄미운 목소리로) 나다.
김관형   (분노하며 최준우를 가리킨다) 너!
최준우   (비웃으며) 언제는 날 그렇게 무시하더니, 너 여친 뺏어가니까 꼽냐?
김관형   (김영지에게 소리 지르며) 도대체 저놈이 나보다 어디가 좋아서….

최준우 (말을 끊으며) 너 같은 병신보다 모든 방면에서 잘나거든~ 키 크지, 잘생겼지, 카드회사 창업 1년 반 만에 대박 났지~

김관형 (분노하며 소리를 지른다) 너! 나보다 돈 많을 것 같아?

최준우 지랄한다. 그럼 1년에 200억 버는 스타트업 CEO가 너 같은 사회의 찌끄레기 백수 새끼보다 돈을 못 벌겠냐? 이제 좀 추하게 굴지 말고 걍 곱게 꺼져. 이 호빗만 한 새끼야. (비웃는다)

김관형은 분노를 주체하지 못하며 퇴장한다.

⁑ 5장 ⁑

김관형은 수많은 비싼 물건이 쌓인 고시원 방에 입장한다.

김관형 (짜증을 내며) 아! 저 새끼 언제부터 카드회사를 창립한 거야?!

김관형은 방에 쌓여있는 쓰레기를 하나 걷어찬다. 쓰레기에 깔려있던 금빛 카드가 김관형의 눈에 들어온다.

김관형 (집착하는 말투로) 내가 저 새끼 망신을 제대로 시켜줘야겠어.

김관형은 카드를 집어 들고 미친 듯이 긁기 시작한다. 카드를 긁으면서 핸드폰에서 통장 잔고가 올라가는 알림이 계속 뜨지만, 김관형의 키도 점점 작아진다. 결국, 키가 너무 작아져서(배우가 쪼그려 앉는 거로 표현) 카드를 떨어뜨린다.

김관형 (숨찬 듯이) 하아… 하아… 어디 보자. (핸드폰으로 통장 잔고를 확인한다) 100억? 그건 그 새끼 연봉 반도 안 되잖아!

누군가가 현관문 비번을 누르는 소리가 난다. 문이 열리자 최준우가 입장한다.

김관형 (당황하고 두려운 말투로) 어? 너가 어떻게?

최준우 (주머니에 손을 넣은 채로 모든 것이 계획대로라는 듯이 웃는다) 너 키가 지금 50cm라도 되려나~? 너, 내가 어떻게 '가난뱅이 병신'에서 돈을 이렇게 많이 벌었는지 알아?

김관형 (혼잣말로) 카드회사라… (놀라며 금빛 카드를 쳐다본다) 설마!

최준우 (여유로운 말투로) 그래. 내가 1년 반 전에 너에게 그 카드를 일부러 흘린 거야. 너뿐만 아니라 수많은 다른 백수들에게도. 넌 생각보다 오래 버텼어. (비웃는다) 다른 새끼들은 다 1달 안에 키가 0이 돼서 소멸하던데.

김관형 (원망하는 말투로) 네가 어떻게 나에게….

최준우 (말을 끊으며) 너 같은 사회의 찌끄래기들은 어차피 도태될 거였어. 돈의 유혹도 못 뿌리치는데, 카드가 아니었어도 마약이나 게임 중독으로 어차피 인생 쫑났을걸? 한 명씩 한 170억씩은 만들었더라고~ 물론 이제는 다 내 꺼지만!

밖에서 다른 직원들이 들어와서 집에 있는 물건들을 가져가기 시작한다.

최준우 그럼 이만.

최준우와 직원들은 퇴장한다. 김관형은 텅 빈 고시원에 홀로 남아있다.

김관형 (모든 것을 잃은 듯 후회하는 말투로) 아… 그냥 공부하고 작년에 재수했으면 이렇게까지 망하진 않았을 거고, 영지도 떠나지 않았을 텐데….

그러다 김관형은 텅 빈 고시원에 남겨진 금빛카드를 물끄러미 바라보다가 주워든다. 5초 정도 심각하게 고민하고는 카드를 다시 긁으려는 순간 조명이 꺼진다.

경 투 더 쟁 ¶

— 한승우

프롤로그. 경쟁을 위한 발걸음. 단호와 단태의 집. 조명이 켜지고, 무대는 점차 밝아진다. 무대 중앙에는 침대와 책상이 옆에 놓여있다. 단호는 곧 방에서 나와 식탁으로 장소를 이동한다.

단호	(귀찮은 어조로) 어젯밤 미리 숙제도 다 했겠다… 이제 슬슬 학교 갈 준비를 해볼까나… 오늘 준비물 뭐가 있었더라?
엄마	(단호한 어조로) 단호야, 빨리 나와서 밥 먹어. 도대체 몇 번을 말해야 알아듣니… 너 계속 이렇게 할래!
단호	알았어. 엄마, 곧 나갈게. (독백하며) 맨날 끝나지 않는 저 잔소리… 지긋지긋하다 아주.
아빠	(씹어먹으면서 딱딱한 어조로) 단호야, 너 어제 숙제는 다 했냐? 엊그제 선생님이 그러시는데 수학 종합평가라고 하더라. 그거 준비 다 하고 잤냐? 네 형은 늘 시험을 보면 만점 맞아왔단다. 알고 있지? 너도 네 형 보면서 배워.
단태	(어이없는 어조로) 그러게 짜샤. 이 형은 말이야, 너 나이 때 늘 준비를 철저하게 했단 말이지!
단호	평가 있는 건 몰랐네? 아 ㅈ됐네? 나 어떡하지? 내 인생은 이제 끝이야… 헉….
아빠	누가 그래서 밤에 편안히 자래? 사람이 의대를 가려면 밤새워서라도 공부를 해야지. 공부!
엄마	너 최소한 80점 이상은 맞아야 한다? 얼른 밥이나 먹어.
단호와 단태	네.

ː 2장 ː

매버릭 국제학교 교실. 시험과 고통의 시작.

선생님   얘들아., 오늘 시험은 너희 미래를 결정짓는 시험이라 생각하고 최선을 다해 임하도록. 특히, SAT를 위한 시험이니. 시험 시간은 65분이 주어진다. 준비되면 시작해.

아이들은 시험을 친다. 선생님은 타이머를 재고 있었다. 단호는 수상한 조짐이 보였다. 약 2시간이 흐른 뒤….

선생님   (분노 섞인 어조로) 이단호, 너 잠깐 선생님하고 얘기하자. 잠시 나와봐.

단호   (투덜투덜하며) 네.

선생님   (결국 폭발하며) 지금 무슨 짓을 했는지 알아 네가? 너는 우리 학교의 위엄과 국격을 떨어뜨렸어. 네가 100점 맞지 않은 게 문제가 아니야 지금. 네가 챗 지피에스를 사용해 답을 다 그대로 베낀 거 선생님이 모를 줄 알았어?

단호   선생님… 그게 아니라… 제 뜻은요….

선생님   시끄러워! 변명 따위 필요 없어. 이건 매우 중대한 사항이야. 부모님께 이메일 좀 써야겠다. 난 네가 나한테 이렇게 큰 실망감과 분노를 유발할 줄은 몰랐어! (잠시 시간이 흐르고) 내가 쓸 동안 너는 반성문 50장에, 교장선생님께 사과문, 그리고 다시는 이런 짓 하지 않기 위해서 어떤 것을 해야 하는지를 직접 생각해. 알았어?

단호   (쭈글쭈글하며) 다시는 이런 일 없도록 명심하고 또 명심하겠습니다. 선생님이 주신 벌도 저에게는 하나의 배움 거리입니다.

3장

단호와 단태의 집.

엄마 (무거운 어조로) 왔니? 빨리 가방 내려놓고 와. 얘기할 게 있어.

아빠 (매우 화가 난 얼굴로) 이단호! 빨리 안 나와? 열 셀 때까지 얼른 나와. 하나, 둘, 셋. (단호가 걸어 나오는 걸 보고) 차렷. 똑바로 서.

단호 아이 알았다고….

단태 엄마, 아빠 얘기하는데 닥쳐라 쫌…!

아빠 부끄러운 줄 알아라. 너 지금 다른 애들은 어떻게 하는지 알아? 날마다 최소 5시간씩은 공부한다고! 근데 너는 공부를 그 정도까지는 안 해. 게다가 커닝까지 했어. 이게 의대 갈 애의 자세야? 어?

엄마 네가 정 힘들면 시간표를 짜서 시간을 쪼개서 공부했어야지… 힘든 건 둘째 치고 커닝까지 했으니… 원….

단호 일단 어젯밤 공부했어요. 그런데 다음날 시험이 수학 종합평가인 걸 꿈도 몰랐죠. 그래서 긴박한 마음에 결국 시험 도중에, 인터넷에 살짝 들어가긴 했지만… 그게 커닝에 걸릴 줄 상상이나 했겠어요? 잘못했어요…. (눈물로 호소하기 시작한다)

아빠 시험 도중에 인터넷을 들어간 행위 자체가 잘못된 거 아직도 몰라? 방에 들어가서 반성해.

단호는 무거운 걸음으로 방으로 간다. 그러고는 문을 꽝 닫는다. 대화의 중심은 단호에서 단태로 간다.

엄마 그나저나 단태야… 너도 이제는 의대에 합격했으니 사회생활을 위한 첫걸음을 해야 하지 않겠니? 언제까지 너도 집에 처박

혀 있을 거야?

단태   음… 아무래도 나도 성인이다 보니 스스로 생활해 봐야지. 이른 시일 이내로 뉴욕 가는 항공편부터 알아볼게.

엄마   그래, 좋은 생각이다. 항공비는 우리가 지원해 줄게.

항공편을 알아보기 위해 컴퓨터 앞에 앉아 있는 단태.

단태   떠날 수 있는 날이… 1주일 뒤인 2023년 5월 4일이네. 오케이! 예약 확정!

⁑ 4장 ⁑

단호, 단태의 집. 장소는 집에서 끝 부분 공항으로 변경. 반성문을 쓴 걸 보며 아빠는 고개를 끄덕거린다. 그리고 오늘은 마침내 2023년 5월 4일. 출발 날이다.

아빠   그래, 이만하면 됐어. 한 번 더 이러면… 너 진짜 1달 이상 감금이다.

엄마   그나저나 오늘은 단태 출국 날이야. 어서들 빨리 움직입시다. 공항으로.

아빠   준비 다 됐지? 출발한다.

장소가 공항으로 변경

아빠   (짐을 내려놓고 단태를 토닥거린다) 잘 다녀오고, 도착하면 톡 해라. 아빠는 너를 믿어. 무조건 1등이다!

엄마   (안으며) 단태야, 넌 충분히 할 수 있다. 분명히 넌 훌륭한 의사가 될 거야. 열심히 하고 와!

| 단호 | 형, 잘 다녀오고! 사워패치 사와! |
| 단태 | 하여튼 너는… 잘 다녀오겠습니다! |

⁞ 5장 ⁞

미국 도착. 의대생의 라이프를 위한 첫걸음.
장소는 링컨대학으로 변경. 공항으로 마중 나온 셔틀버스 타고 이동한다.

| 단태 | (부모님께 깨톡으로) 엄마, 아빠 저 도착했어요. 링컨대학으로 가는 셔틀 탔어요! |

깨톡 답장이 온다. 엄마, 아빠는 응응이라고 간단히 답장한다.

| 단태 | (혼잣말로 중얼거리며) 에이… 좀 더 격려해 주시지… 그나저나 시작도 안 했는데 벌써 힘들면 어떡하나? |

그 사이 버스는 정문 앞에 도착한다. 도착하자마자 바로 간단한 오리엔테이션이 진행된다. 단태는 크게 관심 없는 표정이었다. 시간이 흐르고 단태는 기숙사로 쉬러 간다. 이후, 단태는 여러 생각에 잠겨 밤을 설쳤고, 수업에 지각할 뻔했다.

교수님	첫 수업을 시작하겠다. 오늘은 생물학 중에서 가장 중요한 과정인 해부학을 배워볼 거다.
단태	(속으로) 해부가 도대체 뭔 소리야? 설마 우리 보고 첫 시간부터 실험을 하라고? 미쳤다, 미쳤어.
교수님	단태, 왜 안 하고 가만히 서 있지? 다른 애들 보고 따라 해야지.
단태	(투덜거리며) 네.

실험이 끝나고, 수업이 끝난다.

: 6장 :

첫 수업 끝나고 슬슬 한계가 오는 과정.

단태　　　와 드디어 끝났네… 몇 시간 동안 이 짓을 한 거지? 아휴… 다
　　　　　음 수업이나 가야겠다.

(다음 수업은 심지어 내과다. 제일 싫어하는 내과)

단태　　　어떡하지? 난 내과 쪽이 아닌데….

(내과 수업 시간. 교실로 이동한다. 학생들은 흥미로운 눈으로 수업에 참여하지만,
단태만 시무룩하다)

교수님　　얘들아, 오늘 내과 수업에서는 다양한 소화 기능과 내과 치료
　　　　　방법을 배워볼 거야.

단태　　　치료 방법? 도대체 얼마나 어려운 걸 시키려는 거지? 뭐지 이
　　　　　묘한 타입의 교수님은?

(교수님의 설명이 끝난 뒤 직접 학생들은 실험해 본다. 단태도 시행착오를 많이 하
면서 실험은 끝이 난다)

교수님　　얘들아, 오늘 숙제는 각자 50페이지 리포트와 의학에 필요한
　　　　　지식을 연구해 오고. 그리고 다음 주에 평가도 있으니 잘 준비
　　　　　하도록.

단태는 혼란과 우울감이 오기 시작한다. 내가 이렇게까지 고생하면서 살아야 하는지….

ː 7장 ː

(의대생이란 쉽지는 않으니, 단태는 꾹 참고 1학기를 무사히 마쳤으나 과부하 상태가 온다. 시간은 1학기가 끝날 때 즈음으로 넘어간다)

단태 안 되겠다… 이러다가 내 심리상태까지 더 망치겠어… (또 내적 갈등을 한다) 이대로 한국 귀국할까? 아냐… 여기까지 왔는데 1년 정도는 더 하고 떠나야지….

(고심 끝에 동생인 단호에게 먼저 톡을 보낸다)

단태 (깨톡으로) 단호야, 잘 지내냐?

단호 (깨톡으로) 응! 형, 무슨 일 있어?

단태 (지친 어조로) 다름이 아니라, 이 형이 의과에서 탈진이 왔거든… 그리고 최근에 우울증까지 진단받았어. 귀국할까 아니면 버틸까 참 고민이야… 정말 고통스럽고 괴로워 진심으로.

단호 형, 그러면 귀국하는 게 낫지 않아?

단태 그러다 엄마 아빠한테 처맞으면 어쩌냐… 걱정되는걸.

단호 이대로 가면 형만 손해야. 그래서 다 포기하고 귀국할래, 말래?

단태 (고심 끝에) 그래… 이러다가 나만 망가지지… 귀국할게. 엄마, 아빠한테는 아직 비밀이다. 알았지?

단호 응!

∶ 8장 ∶

(며칠 뒤, 단태는 포기하고 귀국한다. 장소는 집으로 변경. 날짜는 2024년 1월 1일)

단호	(반가워하며) 형! 왔어?
단태	(털털거리며) 그래. 드디어 돌아왔다. 이제는 정신 차리고 내가 원하는 길로 갈 거야 무조건!
엄마	단태야! 왔니? 엄마, 아빠가 할 말이 있다. 짐 풀고 앉아보렴.
아빠	우리 아들… 네 속마음을 그동안 몰라봤다. 사과할게… 고생했다….
단태	(속으로 놀라며) 나도 아들로서 의대에 가야 노릇을 하는 건데… 다 못하고 돌아와서 내가 오히려 미안하니 뭐….
아빠	아니야… 괜찮다. 이제부터는 너의 길을 고스란히 펼치렴… 함께 노력해야 장래가 밝지 않을까?

풋사랑 ¶

― 김채윤

막이 걷히며 무대 중앙, 식탁에서 저녁을 먹고 있는 어린 모습의 파란과 부모님에게 조명이 비친다. 부모님, 무거운 분위기를 조성하며 대화를 이어 나간다.

엄마   (엄한 어투로 꾸짖듯) 파란아, 엄마 말 명심해. 너는 절대로 주어진 운명을 거슬러서는 안 돼.

어린 파란   (고개를 비스듬히 기울이며) 음, 왜?

아빠   왜냐하면… (갑작스레 언성을 높이며) 산타 할아버지는 운명을 거스른 나쁜 아이에겐 다시는 선물을 주시지 않거든!

어린 파란   (덜덜 떠는 목소리로) 히익! 그, 그러면 그, 그러면 내 주어진 운명이 무엇인지 어떻게 아는데? 나, 나 선물 받아야 해!

엄마   (진지하게 파란의 눈을 정면으로 쳐다보며) 네가 운명을 바꾸고 싶다는 마음으로 행동하지 않는 이상 운명은 바뀌지 않는 수레바퀴란다. 뭐든지 그냥 흘러가게 둬. 네 몸을 운명에 맡기는 거야. 때로는 네 의지가 아닌데도 불구하고 잠자코 몸을 따라야 할 수도 있고, 네 의지대로 네 몸을 다루지 못하게 될 수도 있어. 그렇다 하더라도 네 마음은 속으로만 간직한 채 지내야 한단다.

어린 파란   (울먹이며) 왜 나만 운명이 주어진 거야? 나는 이제 내가 아닌 거야?

엄마   (고개를 좌우로 흔들며) 그런 게 아니란다. 사람은 모두 각자의 운명을 가지고 태어나. 누구는 이렇게 살고 누구는 저렇게 살고… 그저 자신에게 주어진 운명이 존재한다는 사실을 눈치채지 못한 채 살아갈 뿐이란다. 운명으로 이루어진 삶이 자신의 선택으로 이뤄낸 결과라고 착각하는 거야. 사실 그 사람이 어떠한 선택을 하든 마지막엔 똑같은 결과가 나올 텐데. 그게 바로 운명이니까.

어린 파란	우와… 완전 최고네! 우리는 운명의 존재를 아니까 운명을 바꿀 수도 있는 거잖아!
아빠	(한숨 쉬며) 파란아, 때로는 모르는 게 약일 때도 있는 거야. 인간이 알아서는 안 되는 범주가 존재하기 때문이야. 이러한 범주를 넘어선 인간을 신은 결코 곱게 보지 않아. 만약 운명마저 건드리게 된다면 신의 힘에 도전하는 거로밖에 보이지 않을 거야. 자연의 이치를 무시한 대가가 요구되겠지. 이러한 사실을 알고 있기에 온전한 너의 삶을 살아가기 더욱 어려워질 거야. '운명'이란 단어에 얽매이며 평생을 허덕이겠지. 그게 바로 저주 그 자체….
엄마	(파란 아빠의 어깨를 찰싹 때리며) 여보! 애한테 무슨 말을 하는 거야!
아빠	명심하렴. 절대로 운명을 거슬러서는 안 돼. 산타 할아버지께 선물을 받아야 하지 않겠니. 지금은 그것만 기억하자, 파란아.

ː 2장 ː

서울의 한 고등학교. 교복을 단정히 차려입은 파란, 뒷줄 창가 자리에서 턱을 괴곤 운동장에 심어진 벚꽃을 바라보고 있다. 담임, 교실 문을 박차고 들어와 교탁 뒤에 선다. 그 뒤를 따르는 남자아이.

담임	(교탁을 두드리며) 자자 모두 주목! 오늘 전학생 온다는 거 다들 알고 있었지? 도야, 자기소개해 보렴.
이도	(미소 지으며) 안녕, 나는 이도라고 해. 사정상 2학기 때 전학 오게 됐지만, 친하게 지내자.

교실을 둘러보던 도, 자신을 쳐다보지도 않는 파란을 발견하곤 그녀를 빤히 바라본

다. 따끔한 시선을 느낀 파란, 자세를 바로잡으며 도를 향해 고개를 돌린다. 눈이 마주친 파란과 도. 한참을 서로만 바라본다.

파란   (새빨개진 양 뺨에 손을 갖다 대며) 이, 이게 뭐야… 심장이 왜 이렇게 빨리 뛰지?

이도   (도 손을 왼쪽 가슴 쪽으로 올리고, 영혼이 나간 눈빛으로) 이게 바로… 사랑이라는 건가?

담임이 괜찮으냐고 물어보고는 자리를 지정해 준다.

담임   (걱정스런 눈빛으로) 도야 괜찮니? 도는 첫날이니까 쌤이랑 가까이 있는 편이 좋겠지? 맨 앞….

이도   (담임의 말을 끊으며) 저는 맨 뒷줄 창가에 앉아있는 아이 옆에 앉고 싶습니다.

담임   (더듬으며) 파, 파란이 옆에? 그러럼. 파란이 너는 옆에서 전학생 잘 챙겨주고.

파란   (새빨개진 귀를 머리카락으로 숨기며) 네….

이도   (빠른 속도로 파란 옆으로 다가가 활짝 웃으며) 파란아, 잘 부탁해.

파란   (작은 목소리로) 응….

⁚ 3장 ⁚

도가 전학해 온 지 며칠이 지난 여느 때와 다름없는 시점. 도, 이어폰을 끼고 공부하고 있는 파란을 바라보고 있다.

파란   하….

이도	(웃으며) 응, 왜 그래 파란아? 모르는 문제 있어? 도와줄까? 같이 할래?

파란, 짜증이 난 듯 인상을 찌푸리며 거칠게 의자를 박차고 교실을 벗어난다. 도, 파란을 따라나선다.

이도	(파란을 향해 뛰어가며) 파란아! 어디가! 같이 가자!

파란, 걸음을 멈추곤 도를 바라본다.

파란	(냉소적으로 비웃음을 날리며) 너, 이쯤 되면 포기할 만도 하지 않아?
이도	(고개를 갸웃거리며) 뭐를?
파란	(떨며) 진짜 모른척하는 것도 정도가 있지! 나한테 관심 끄라고!
이도	(수줍게 웃으며) 하지만 난 네가 좋은걸….
파란	(빨개진 귓불을 손으로 숨기며) 난 너한테 관심 없으니까 적당히 해. 이러는 거 부담스럽다고, 알아?
이도	(고개를 바닥으로 떨구며) 미안…. (슬리퍼를 질질 끌며 홀로 교실로 돌아간다)

ː 4장 ː

적막이 감도는 무대 중앙, 홀로 서 있는 파란에게 조명이 비친다.

파란	(울음을 간신히 참아내며) 하… 이젠 나도 모르겠어. 나도… 나도 도가 좋은데, 그냥 좋아하면 안 되는 건가? 우리 서로 사

랑하는데… 왜 다른 사람들처럼 평범한 연인이 될 수 없는 거지? 왜 나와 도는 운명이 아닌 거냐 말이야! 나라고 이도에게 상처 주는 말을 하고 싶은 게 아니라고. 나도 사랑한다고 말하고 싶어! 처음 만난 그 순간부터 너를 좋아했다고, 지금도 이리 그리워하고 있다고. 그놈의 운명이 무엇이길래 우리 사이를 갈라놓는지! (얼굴을 두 손에 파묻으며) 왜 운명을 거슬러서는 안 되는 거지… 나도 내 의지대로 인생을 살아가고 싶단 말이야… 내 몸을 내 마음대로 통제하지 못한다는 게 말이 되냐고… 이딴 저주 따위….

갑작스레 무대에 난입한 도, 파란을 향해 성큼성큼 걸어가 그녀를 세게 끌어안는다.

파란   (도를 밀며) 너… 이게 무슨 짓이야! 다시는 내 눈에 띄지 말랬지!

이도   (파란을 계속 끌어안으며) 나 다 들었어. 운명이니 뭐니… 네가 한 대부분의 말은 이해하지 못했지만, 이거 하난 확실히 알겠어. 우리가 같은 마음이라는 거.

파란과 이도, 서로를 끌어안은 채 한동안 아무 말 없이 서 있는다.

파란   그래… 대가가 무엇이든 감당하겠어… 지금은 널 사랑하지 않고서는 못 배기겠으니까. 나도 내 의지대로 살고 싶어! 사랑해, 이도야.

이도, 미친 듯이 웃기 시작한다.

파란   (당황하며) 뭐, 뭐야? 왜 웃어?

이도   (헤프게 웃으며) 흐흐, 네 진심을 처음으로 본 것 같아서.

파란, 얼굴이 새빨개진다.

ː 5장 ː

무대 중앙, 교실을 비추는 조명. 파란과 이도, 서로를 사랑스럽게 바라보며 손을 맞
잡고 있다. 그때 평화로운 둘 사이를 방해하는 큰 굉음. 쾅!

파란   (당황하며) 뭐, 뭐야?

이도, 쓰러진다.

파란   (쓰러진 도를 흔들며) 도, 도야! 괜찮아? 일어나 봐! 어, 어떡,
      어떡… (주위를 둘러보며 공포에 질린 목소리로) 왜 다들 쓰러
      진 거지? 얘들아, 정신 차려봐! 여기 아무도 없어요?

안개와 함께 등장한 의문의 남성.

운   (호통치며) 네 죄를 네가 알렸다!
파란   누, 누구세요?
운   (뒷짐 지며) 운명을 결정짓는 신이렷다!
파란   (멍한 표정으로) 네? (깨달은 듯) 당신이구나! 내 인생을 이리
      망쳐놓은 게!
운   (인상을 찌푸리며) 말도 안 되는 소리를 내뱉는군.
파란   당신 때문에 내가 얼마나 힘들었다는 줄 알아요?
운   (비웃듯이) 유감이지만 앞으로 더 힘들어질 텐데.
파란   그게 무슨 말이에요? 전 이미 아주 힘들었다고요!
운   (파란의 말을 무시하며) 너 때문에 네 사랑하는 연인의 인생이

꼬여버렸으니, 어찌하겠느냐?

파란　　네? 그게 무슨 말씀이세요?

운　　(파란에게 손가락질하며) 네 잘못된 선택으로 인해 너는 물론 이거니와 네 연인, 네 연인의 주위 사람들의 운명마저 꼬여버렸다! 이 일을 대체 어찌 책임질 테야!

파란, 한치의 미동도 없다.

파란　　(무릎을 꿇고 두 손을 깍지 끼며) 이도는 잘못 없어요. 제게 저주를 걸어주세요. 어떻게든 책임질 테니까….

운　　뭐? 네 선택에 따른 대가를 어떻게든 감당하겠다고 하였느냐? 웃기는군! 너 하나 때문에 수백 명의 인생이 얽히고 말았어! 네가 책임지고 말고 할 문제가 아니라고! 원상복구를 할 수 있느냐 없느냐의 문제이지!

파란　　다시 복구시키면 되는 건가요?

운　　(한쪽 눈을 치켜뜨며) 그렇다만.

파란　　(담담하게) 제게 저주를 걸어주세요.

운　　(역정 내며) 또 그 소리냐! 네게 저주를 건다 한들 이미 바뀌어버린 운명은 어찌한단 말이냐!

파란　　(고개를 숙이며) 제게… 제가 가장 사랑하는 사람이 저에 대한 기억을 영원히 잃어버리는 저주를 걸어주세요.

운　　(인상을 찌푸리며) 무어…?

파란　　(암울한 목소리로) 도가… 도가 저에 대한 기억을 잃는다면 다 해결될 것 아니에요. 저희 사이는 아무 일도 없었다는 듯 돌아갈 것이고 바뀌었던 운명들 또한 복구되겠죠. 신께도 좋은 것 아닌가요? 제게 벌을 내림과 동시에 문제를 간단히 해결하게 되니까요.

파란, 정신을 차리고 보니 쓰러졌던 아이들 모두 제자리에 앉아 멀쩡히 공부하고 있다.

파란   (아무 일도 없었다는 듯이, 꽉 주먹 쥐며) 다시는 운명을 거스르지 않을 테야.

도, 방해된다는 듯 인상을 찌푸리며 파란을 쳐다본다.

이도   저기 미안한데 공부에 방해되니 조용히 좀 해줄 수 있어?
파란   (쓸쓸히) 정말 나에 대한 기억을 모두 잃어버렸구나…. (이도를 바라보며) 미안.

파란, 창문 밖을 바라본다. 벚꽃은 여전히 휘날리고 있다.

2부

욕망의 아이러니

동전 ¶

— 조소윤

ː 1장 ː

막이 오른다. 무대는 깜깜하고, 어디선가 목소리들만 들려온다.

아이　　　넌 기억이 영원해?

희연　　　응, 그런 거 같아.

아이　　　(몸이 뒤틀리며 기괴한 괴물의 모습으로 변한다) 그럼 이것도 평생 기억해.

알람 소리가 울리며 무대 위 조명이 환하게 켜지고, 알람 소리에 놀란 희연은 꿈에서 깨어난다.

백희연　　(숨을 고르며) 헉… 헉… 아, 또 이 꿈이었네… 정신 차리자. 한 두 번 이러는 것도 아니고. 학교나 가야지.

방을 둘러보며 꿈을 꾸고 있었음을 인지한 희연은 침대에서 일어난다. 희연의 등은 식은땀으로 젖어있다. 잠옷을 교복으로 갈아입고, 학교 갈 준비를 한다.

ː 2장 ː

1시간 후, 오전 9시, 희연은 학교에 도착한다. 수업 시작을 앞둔 교실은 시끌벅적하다. 첫 수업의 시작을 알리는 짧은 음악이 교실 천장에 달린 스피커에서 들려온다. 그때, 희연과 같은 반 학생인 최가인이 교실 문을 박차고 들어온다.

최가인　　야! 오늘 학기 중간고사 성적 나온다는데?

김지우　　아씨… 어떡하지? 나 그거 망했는데….

최가인	(마른세수하며) 아, 몰라. 야! 선생님 온다.
김찬호 선생	(손에 들고 있는 시험지를 교탁에 무심하게 툭 내려놓으며) 야야, 너희 그만 떠들고 자리에 좀 앉아. 이번 학기 중간고사 결과를 발표하겠다.
최가인	(김지우에게 속삭이며) 나 진짜 이번 것 100점 못 받으면 자살할 거야. 2주 동안 합쳐서 20시간을 못 잤다고.
김지우	와… 크크. 너 어떻게 살아있냐? 야, 그렇게 열심히 했는데 잘 봤을 거야. 100점 가보자고 최가인!

선생님이 학생들에게 시험지를 나누어 주고, 학생들은 시험지를 확인한다. 교실에는 긴장감과 정적이 잠시 흐르고, 교실의 학생들은 즉시 희비가 갈린다.

| 최가인 | (시험지를 들고 있는 손을 부들거리며) 시발… 뭐야, 91점? 이게 말이 돼? |

최가인 시험지를 집어 던진다.

| 김지우 | (시험지를 다시 주워주며) 야, 그 정도면 잘 봤구만. 너무 속상해하지 마. 그리고 중요한 건 중꺾마 아니겠냐? 다음에 더 잘 보면 돼. |

그때, 교실 뒤에서 학생들이 수군거리는 소리가 들려온다.

| 학생 1 | (수군거리며) 야 백희연 또 100점 맞았나 봐. |
| 학생 2 | 또? 맨날 100점 맞네. 쟤 무슨 장애 있지 않았나? 모든 걸 다 기억한다며. 개꿀 인생사는 새끼…. |

학생 1과 학생 2의 대화를 들은 가인은 고개를 휙 돌려 희연을 노려본다. 이내 자리를 박차고 일어나 희연에게 성큼성큼 다가간다.

최가인	야! 넌 네가 똑똑한 줄 알지? 그 소름 끼치는 장애만 아니었어도 넌 아무것도 아니야. 너 같은 애들 때문에 정정당당하게 공부해서 시험을 보는 애들이 피해 보는 거 미안하지도 않냐?

⁞ 3장 ⁞

오전 수업을 마친 후 급식 시간이 된다. 줄을 서던 희연은 앞에 있던 지우와 실수로 부딪히고 만다.

김지우	시발, 누구야! 아, 너냐? 앞에 안 봐?
최가인	(비꼬는 말투로) 어머, 크크. 지우야, 조심해… 나중에 이것도 기억했다가 복수하면 어떡해….
김지우	(가인의 눈치를 보며) 아, 진짜 재수 없게.

희연은 말을 하려는 듯이 입을 열지만, 이내 땅바닥을 응시하며 조용히 줄에서 나간다.

최가인	(급식실을 나가는 희연의 뒤를 보고) 아, 음식도 다 기억하면 안 먹어도 배부르겠네! 네 몫까지 다 먹어줄게! 크크.

최가인과 김지우의 웃음소리가 급식실을 나가는 희연의 뒤를 따른다.

⁞ 4장 ⁞

4시간 정도 지난 이후, 학교의 마침을 알리는 음악 소리가 교실 스피커를 통해 들려온다.

백희연   (놀란 표정으로) 뭐야! 35분이잖아! 아씨… 망했다! 학원 늦으
면 안 되는데…!

희연은 부리나케 가방을 챙겨 교실을 뛰쳐나온다.

백희연   (양손으로 다리를 잡고 숨을 헐떡이며) 헉… 헉… 이대로 가면
무조건 지각인데…

희연은 자신의 옆에 있는 골목길을 응시한다. 학원으로 가는 지름길인 것을 알고
있었지만, 꺼림칙한 기분을 떨쳐낼 수 없어 피하고 있었던 것이었다.

백희연   (긴장한 표정으로) 그래, 오늘 한 번만 가보는 거야. 대낮인데
별일 있겠어?

희연은 골목길을 조심스럽게 들어간다. 햇빛이 완전히 닿지 않는 골목길에는 깜빡
거리는 가로등 한 개와 세 대의 차가 서 있었다. 베이지색 소형차, 검은색 중형차,
그리고 골목 반대편에는 회색 봉고차가 서 있다. 희연은 주위를 두리번거리며 한
걸음씩 나아갔다.
그때, 골목의 중간에 있는 오른쪽 갈림길에서 카키색 바람막이와 검은 운동복 바
지, 그리고 검은 육상화를 신은 40대 중반 남성과 빨간색 티셔츠에 청바지를 입은
초등학생이 손을 잡고 걸어 나온다. 아이는 초콜릿 한 조각을 쥐고 있었고, 초콜릿
을 바라보는 아이를 남성은 봉고차에 태운다.

백희연   명성초등학교? 우리 학교 옆에 있는 초등학곤데… 아! 내가 이
럴 때가 아니지.

봉고차가 떠나는 것을 바라보던 희연은 정신을 차리려는 듯 양 볼을 손바닥으로 치

고는 다시 걸음을 뗀다.

ː **5장** ː

저녁 7시 30분, 희연은 학원을 마치고 집에 들어온다.

희연의 엄마   (심각한 표정으로) 네. 알겠습니다. 네.

백희연   (신발을 벗고 가방을 거실 소파에 내려놓으며) 엄마? 누구랑 통화하는 거야?

희연의 엄마는 희연의 목소리를 듣지 못하고 통화를 계속한다.

희연의 엄마   (걱정된 표정으로 손가락을 잘근잘근 씹으며) 네, 지금 가겠습니다.

백희연   엄마!

희연의 엄마   (깜짝 놀라며 희연의 어깨를 붙잡는다) 어머, 희연아! 어디 다친 데 없지? 괜찮아?

백희연   없지. 갑자기 왜 그래?

희연의 엄마   (다급하게 가방을 챙기며) 방금 경찰서에서 출석요구가 왔어. 너희 학교 바로 옆에 명성초등학교 다니는 아이 한 명이 실종신고가 들어왔다는데 사건 발생 시간대가 너희 학교 하고 시간이었나 봐. 네가 같은 시간에 사건 장소 근방에 있어서 참고인으로 수사가 필요하대. 빨리 신발 다시 신어!

백희연   (당황한 표정으로) 알, 알았어!

희연과 희연의 엄마는 서둘러 현관을 나선다.

⁚ 6장 ⁚

경찰서에 도착한 희연과 희연의 엄마는 조사를 기다린다. 조사실로 들어가게 되고, 5분 정도 기다리자 이상현 형사과 마주하게 된다.

이상현 형사　서울강남경찰서 형사과 형사 3팀 이상현 형사입니다. 오늘 들어온 실종 신고에 대해서 참고인으로 조사받으러 오신 거 맞죠?

희연의 엄마　네, 맞습니다.

이상현 형사　따님이 사건 당시에 굉장히 근접한 장소에서 하교하는 것이 목격되었는데 혹시 하교하면서… (피해자의 사진을 건네며) 이 아이를 본 적이 있는 거 같나요?

희연은 사진을 건네받는다. 사진을 본 희연은 자리에서 얼어붙는다. 희연의 등골에 식은땀이 흘러내렸다.

백희연　(덜덜 떨며) 봤어요… 틀림없어요… 골… 골목길에서!

이상현 형사　네? 더 정확하게 얘기해 줄 수 있나요? 괜찮으니까 생각나는 대로 모두 말해보세요.

백희연　(애써 침착하며) 4시 33분쯤 하교를 하고 있었어요. 학교에서 조금 늦게 나오는 바람에 수학학원을 늦을까 봐 평소에 가지 않는 골목길로 갔어요. 골목길을 걷는데 차 3대가 있었고, 하나는 베이지색의 소형차, 검은색 중형차, 그리고 골목의 맨 끝에는 회색 봉고차가 있었어요. 걷다 보면 골목이 오른쪽과 왼쪽으로 갈라지는데, 오른쪽 골목길에서 카키색 바람막이에 검은 청바지와 검은 육상화를 신은 남성이 아이의 손을 잡고 나타났었어요. 키는 180 중반 정도로 컸고요, 머리카락은 스포츠컷을 했었어요. 나이는 40대 중반인 것 같았어요. 차량 번호는

153무 8927에 차 범퍼에 어디 부딪힌 듯한 생채기가 나 있었어요.

이상현 형사 (의심스럽다는 듯이) 아니, 어떻게 이렇게 자세하게?

백희연 (간절한 표정으로) 모두 진짜예요! 저를 믿어주세요. 어렸을 때부터 직관 기억으로 한 번 보거나 느낀 것은 사진을 찍거나 영상을 녹화하는 것처럼 기억할 수 있었어요. 제가 기억하는 게 확실해요.

희연 엄마 맞아요. 희연이가 병원에서 받은 진단서도 보여드릴 수 있어요. 필요한가요?

이상현 형사 조사실을 나가면 제출해 주시죠. 다른 것 기억나는 게 있습니까?

백희연 이게 다인 것 같아요.

이상현 형사 (잠시 생각을 하고) 알겠습니다. 이제 나가서 있으셔도 좋습니다.

⚡ 7장 ⚡

다음 날 아침, 희연은 거실에서 들려오는 텔레비전 소리에 잠을 깬다.

백희연 (짜증스럽게) 엄마… 아침부터 갑자기 뭐를 보는 거야.

텔레비전 어제 오후, 서울 강남구경찰서는 서울 강남구 명성초등학교의 학생이 납치가 의심된다는 신고를 받았습니다. 다행히도, 경찰의 빠른 대처로 오늘 새벽 범인은 검거되었습니다. 피해자 역시 작은 타박상을 제외하고 무사하였습니다. 경찰이 이토록 빨리 대처를 할 수 있도록 한 것은 한 시민의 결정적인 역할 덕분이었는데….

희연은 아나운서의 말을 듣고 멈칫한다. 희연은 침대에서 천천히 일어나 텔레비전 앞으로 걸어갔다. 텔레비전 속에는 경찰차에서 내려 엄마의 품에 안기는 아이의 모습이 영상으로 담겨있었다. 아이의 모습을 보며 희연은 살짝 미소를 지었다. 희연의 미소를 마지막으로 무대의 막이 서서히 내린다.

노는 게
제일 좋아 ¶

— 허윤진

2023년 여름. 춘기의 집. 거실에 있는 티비에는 작은 볼륨으로 뽀로로가 틀어져 있고, 소파에는 춘기의 동생이 앉아서 뽀로로를 시청하고 있다.
춘기, 현관문을 공격적이게 벌컥 열고 방에 들어가서 침대에 털썩 앉는다.

춘기　　　에휴, 오늘도 노인성이랑 싸웠네. 엄마는 왜 또 공부하라고 지랄인데. 아 그냥 쉬고 싶다고. 짜증나니까 매운 거나 먹어야지.

춘기, 다시 일어나 방문을 열고 거실로 가다가 동생이 보던 티비 앞에 멈춰 선다.

춘기　　　(짜증을 내며) 뽀로로 진짜 개시끄럽네. 적당히 좀 봐.

동생　　　혀엉, 지금 특별편이란 말이야. 뽀로로 친구들이 음식파티 한대.

춘기　　　(티비를 몇 초 동안 보다가 질투하는 듯한 말투로) 음식파티? 쟤네는 저렇게 맨날 놀고먹어서 좋겠다… 아무것도 신경 안 쓰고 살겠지? 나도 저기서 살았으면. (점점 말투가 간절해진다. 관객을 향해) 제발 누군가 보고 있다면 저 좀 뽀로로 속에 들어가게 해주세요….

춘기, 갑자기 비틀거리며 머리를 부여잡는다.

춘기　　　으… 지금 무슨 일이….

춘기, 이내 눈을 감고 쓰러진다.

ː 2장 ː

뽀로로 세상. 얼음낚시를 하는 곳에 춘기가 방금 전과 같은 자세로 쓰러져 있고, 몇 미터 앞에는 포비가 얼음 밑에 뚫린 구멍으로 낚시하고 있다.

춘기, 천천히 눈을 뜨고 몸을 일으켜서 주위를 둘러본다.

춘기 으윽… 방금 뭐지? (화들짝 놀라며) 미친! 웬 얼음이야? 뭐야 이거 꿈인가? 뭐 이딴 꿈을… 응? 근데 저거 아까 동생놈이 보던 뽀로로 캐릭터 아니야?

포비 (뒤돌아보며) 와! 낚시 친구가 왔네!

춘기 헐, 너 포비 맞지? 잠깐, 나 진짜 뽀로로 안에 들어온 거야? (기대감에 찬 말투로) 포비야, 너네 지금 음식파티 하지?

포비 어떻게 알았어? 맞아, 그래서 지금 생선 요리를 하려고 물고기를 잡고 있어! 나랑 같이 잡을래?

춘기 이거 진짜 꿈 아니지? (포비에게 달려가서 손을 잡으며) 와 미쳤다. 이게 진짜 되네… 그래 포비야! 우리 같이 낚시하자!!

ː 3장 ː

루피의 집. 저녁이 되었고, 춘기, 포비, 루피, 크롱, 뽀로로가 식탁에 둘러앉아 있다. 각자 본인이 만들어온 음식들을 소개하는 시간을 갖던 중이다.

포비 이 생선구이는 나랑 오늘 새로 온 친구가 같이 준비한 거야. 춘기야, 자기소개해 줘.

춘기 님들 하이, 난 김춘기임.

뽀로로 춘기야, 만나서 반가워!

루피	춘기야, 우리 집 옆에 오두막이 있는데 거기서 지내는 건 어때?
춘기	그럼 나야 땡큐지!
크롱	크롱크롱.
뽀로로	크롱이 배고프다네! 그럼, 우리 이제 다 같이 음식을 먹어볼까?

등장인물 모두 포크로 음식 모형을 먹는 시늉을 한다.

춘기	(평온한 표정으로 관객을 바라보며) 음… 쌈행복… 스트레스 다 날아가는 기분이야. 평생 이렇게 살았으면….

∷ 4장 ∷

다음 날 아침, 공터. 춘기가 루피와 함께 걸어오며 입장한다. 공터에는 뽀로로와 크롱이 눈싸움을 하고 있다.

루피	얘들아 안녕! 눈싸움하고 있었구나! 나도 할래!
춘기	뭐야 눈싸움? 개재밌겠다!

루피와 춘기, 뽀로로와 크롱과 합류해 신나게 웃으며 눈싸움을 벌인다.

뽀로로	(숨을 헐떡거리며) 와, 진짜 재밌었다. 우리 다음에도 또 하자.
춘기	아직 힘들어하긴 이르다고. 우리 눈사람도 쌉가….
루피	(춘기의 말을 못 들은 채 밝은 목소리로) 그럼 우리 재미있게 놀았으니까 이제 집에 가자.

루피, 뽀로로, 크롱, 오른쪽으로 향하며 집으로 발걸음을 옮긴다. 이에 당황한 춘기, 이들의 앞으로 뛰어나가서 양팔을 벌리고 길을 막는다.

춘기   (말을 더듬으며) 얘… 얘들아, 우리 진짜 이대로 집 가게?

루피   응! 놀았잖아!

춘기   그… 그럼, 너네 집에 가고 나서는 뭐하는데?

뽀로로   내일 또 재미있게 놀아야지!

춘기   그럼 지금부터 내일까지 아무것도 안 하는 거야?

크롱   (고개를 끄덕이며) 크롱.

춘기, 벙찐 채로 가만히 서 있다. 춘기를 제외한 인물, 모두 퇴장한다.

춘기   아무것도 안 하는 줄은 알았는데 이 정도일 줄은 몰랐네. 내가 오게 해달라고 빌어놓고 벌써 실망하는 건 에반데. 그래도 이 정도면 집에서 처자기나 하고 개꿀이지….

춘기, 다른 등장인물들을 따라 퇴장한다.

⁞ 5장 ⁞

3일 후, 놀이터. 춘기가 벤치에 널브러져 누워있고, 루피와 뽀로로가 중앙에 서 있다.

춘기   (짜증 섞인 목소리로) 얘들아 이건 개에바잖아. 솔까 여기 온 둘째 날까진 좋았거든? 근데 4일째 이렇게 눈밭에서 놀고 다음 날까지 기다리니까 진짜 심심해 뒤지겠어.

뽀로로   즐겁지 않아? 놀고 아무것도 안 하고!

춘기	저 새끼랑은 말이 안 통하네. 아니 우리 딴것도 좀 하면 안 되냐고….
루피	여긴 만화 속 세상이잖아! 우린 만화로 나오는 시간에만 놀고, 그 시간이 끝나면 할 일이 없어!
춘기	(코웃음 치며) 구라치네, 그런 게 어딨냐? 응? 어쩔티비. 나 낚시하러 갈 거야!

춘기, 벤치에서 일어나서 왼쪽으로 달리며 퇴장한다.

ː 6장 ː

넓은 눈밭. 춘기가 오른쪽으로 달려오다 무대 정중앙에서 멈춘다.

춘기	(숨을 헐떡거리며) 와 열나 힘들어. 더 이상 못 뛰겠다. 여기 진짜 개넓네. 며칠 전엔 분명히 여기 낚시터가 있었는데… 이상하네. (무언가를 깨달은 듯이 일어선다) 설마 루피가 구라친 게 아니었던 거야? 진짜 여긴 티비에 나올 때만 할 일이 생기는 거야? (허공에 발차기하며) 시발 이게 뭐냐고!!! (머리를 짚으며) 하… 그래도 노인성이랑 축구 하는 게 재밌긴 재밌었는데….

춘기, 정신을 차린 듯 주위를 두리번거린다.

춘기	그나저나 사방이 눈밭이라 어디가 어딘지 모르겠네. 길 잃기 전에 돌아가긴 해야겠다….

춘기, 자신의 발자국을 따라가는 듯 밑을 보며 왔던 길로 다시 퇴장한다.

: 7장 :

다음 날, 놀이터. 어두운 무대에 퍽! 하는 소리가 울려 퍼지고, 천천히 조명이 켜진다. 춘기는 벤치 위에 널브러져 있다가 소리를 듣고 중앙으로 이동한다. 무대 중앙에서는 흩뿌려진 눈덩이를 두고 뽀로로, 루피, 포비, 크롱이 서 있다.

춘기   (기웃거리며) 무슨 일이냐? 웬일로 이 시간에 재밌어지려고 하네.

루피   (울먹거리며) 뽀로로, 진짜 너무해! 내가 오전에 만들어놓은 눈사람을 부쉈어!

뽀로로 (머쓱하게 웃으며) 내가 실수로 부숴버렸네! (장난스럽게) 근데 저 눈사람 원래 못생겼었는데!

루피   내가 열심히 만들었는데… 그리고 지금 원래 아무것도 안 할 시간이잖아….

뽀로로 메롱~ 어쩌라고~ 못생겼대요~

루피, 울음을 터트린다.

뽀로로 (밝은 톤으로) 에이, 미안해. 장난이었어 루피야!

루피   (울음을 그치고 다시 행복한 톤으로) 알았어. 사과했으니까 이제 괜찮아!

뽀로로 그래! 우리는 친구!

뽀로로와 루피, 콧노래를 부르며 어깨동무한다. 옆에서 듣던 포비와 크롱도 함께 콧노래를 부른다.

춘기   (대화를 들으며 점점 표정을 찡그린다) 듣다 보니까 열라 어이없는데? 그게 제대로 사과한 거냐? 그리고 루피 너는 왜 그걸 받아주고 지랄이냐?

미소를 짓던 뽀로로, 루피, 포비, 크롱 모두 하던 것을 멈추고 굳은 표정으로 춘기를 쳐다본다. 5초 동안 적막이 흐른다.

루피 (말을 더듬으며) 왜… 왜? 나 괜찮아!

포비 맞아 춘기야, 쟤네 화해했어!

크롱 (다운된 톤으로) 크롱….

춘기 아니, 시발 내가 이상한 거야? 루피야 말 좀 해봐! 뽀로로가 저 지랄했으면서 제대로 사과도 안 했는데 저렇게 빨리 오케이 하는 게 맞냐고! 너 그렇게 참고만 살면 안 돼. 이 호구 새끼야!

루피 춘기야, 왜 그래… 여긴 즐거운 세상이잖아… 우리 안 싸워….

뽀로로 춘기야, 지금 네가 제일 화내고 있는데….

춘기 아니, 루피야! 난 널 위해서 이러는 거잖아. 내가 왜 이걸로 외계인 취급을 받는 건데? 하… 그래, 생각해 보면 노인성이랑 싸울 때도 시원하게 다 털어놓고 나면 기분이 좋았어. 엄마랑 싸웠을 때도… 여길 온다고 빈 내가 바보였지!

포비 춘기야, 진정해 봐! 너도 바로 화해할 수 있는 이 즐거운 세상, 좋아하게 될 거야.

춘기 싫어! 생각만 해도 숨 막혀. 생각할수록 여긴 나랑 안 맞아. 일상은 더럽게 재미없고, 기대되는 게 하나도 없고! 즐거워 보이려고 감정이나 숨기고! 이 개 같은 마을 나가버릴 거야!

춘기, 달리며 퇴장.

⁏ 8장 ⁏

다시 넓은 눈밭. 어두운 무대 속 춘기에게 스포트라이트가 비친다. 춘기, 달리며 입장하다 무대 중앙에 털썩 앉는다.

춘기   (간절한 목소리로 관객을 향해) 제가 어리석었어요… 신경 쓸 게 없고, 놀기만 하면 마냥 행복할 줄 알았는데… 이렇게 괴로운 줄 몰랐어요. 개빡치는 일이 있어도, 그게 지나면 일상 속 즐거움이 더 가치 있다는 걸 몰랐다고요. (두 손을 모으며) 제발 집에 보내주세요.

춘기, 제자리에서 쓰러진다. 스포트라이트 조명이 서서히 꺼진다.

⁝ 9장 ⁝

스포트라이트 조명이 다시 켜진다. 어두운 무대 위, 침대에 누워있는 춘기만 보인다. 춘기, 천천히 일어나서 피곤한 듯 눈을 비빈다.

춘기   아직 그 눈밭인가… 근데 날씨가 왜 이렇게 따뜻하지…. (두리번거리다 흠칫 놀라며) 응? 여긴… 우리 집 침대?

춘기의 스포트라이트 조명이 서서히 전체 조명으로 변한다. 따스한 조명이 춘기의 집 전체를 비춘다. 춘기, 침대에서 일어난다.

춘기   내가 집에 돌아왔어! (안도의 한숨을 내쉬며) 감사합니다! 엄마, 사랑해! 동생아, 친구들아, 모두 사랑한다!

조명이 어두워지며 막을 내린다.

코튼캔디 ¶

— 나유지

⁑ 1장 ⁑

대한민국 송도에 있는 YJ국제학교의 3층, 때는 2060년 7월 여름이다. 무대는 교실의 벽으로 둘러싸여 있고, 한가운데로는 책상이 일렬로 정렬되어 있다. 교탁 뒤에서는 진솔의 담임 선생님이 있고, 전학생이 오고 있다는 등의 이야기를 전해주고 있다. 진솔은 교실 밖에 홀로 있다.

진솔은 손을 떨며 교실 문을 열고 들어간다.

담임   (진솔의 쪽을 쳐다보며) 얘가 우리 반에 새로 온 친구다. 다들 잘해주자. 자기소개 한번 할래?

진솔   (떨리는 목소리로) 안녕… 나는 전학생 이진솔이라고 해. 앞으로 잘 부탁해….

담임   (대충 앞에 있는 자리를 가리키며) 진솔아, 빈자리 아무 데나 앉아. 다들 고3이니까 이제 공부해야 하는 거 알지?

진솔은 빈자리에 가서 앉는다. 진솔의 소꿉친구들인 예준, 하준, 다희와 혜주가 손을 크게 들어 진솔한테 반갑게 인사한다. 진솔도 웃으며 손을 흔든다.

혜주   (진솔의 책상으로 달려가며) 야! 오랜만이야. 우리 같은 학교 다니는 게 8년 만인가? 초등학교 이후로….

진솔   (긴장이 풀린 듯 활짝 웃으며) 얼마 만이야! 너네 있어서 다행이다. 점심 누구랑 먹을까 고민 중이었는데….

예준, 하준과 다희도 진솔의 책상으로 뛰어간다.

예준   (숨을 가쁘게 쉬며) 와! 얼마 만이냐, 이진솔? 지금까지 연락 한 번 없더니 이렇게 보네. 반갑다!

진솔   (예준을 쳐다보며) 서운했냐? 지금 만난 게 어디야! 너무 반갑다. (다희랑 하준을 보며) 너네도 오랜만이다!

하준, 다희 (어색한 듯 딴 곳을 쳐다보며) 오랜만.

진솔 (무언가 생각난 듯) 너네 MBTI 뭐야? 난 ENTP-A!

예준 (신난 듯이) 난 ENTJ-A!

혜주 (텐션 업된 듯이) 우리 비슷하네. 나 ENFJ-B.

다희 (망설이며) 근데 A랑 B는 뭐야? 처음 들어봐서.

예준 너 그거 모르냐? 요즘 새로 추가된 거잖아. A는 긍정적, B는 부정적.

혜주 (고민하며) 음… 그럼 너네 둘 다 B 아냐?

다희와 하준은 혜주의 말에 인정한 듯 조용히 고개를 끄덕였다.

⁝ 2장 ⁝

모두가 같이 학교 매점에서 교실로 돌아가고 있다. 혜주는 고개를 숙인 채 걸어가고 있고, 예준, 하준과 다희는 그녀의 눈치를 보며 다독여주고 있다.

진솔 (진짜 궁금하다는 듯이, 휘파람을 불며) 혜주야, 왜 기분이 안 좋아?

혜주 (울먹거리는 목소리로 시선은 아래를 향하며) 아… 나 시험 답을 밀려 써서… 담임한테 혼났거든….

예준 (화난 목소리로 주머니에 손을 넣으며) 담임이라고 유세 열나 떠네. 지는 실수해 본 적 없나.

하준, 다희 (동시에) 그니까….

진솔 (좋은 생각이 났다는 듯이) 얘들아! 오늘 학교 끝나고 노래방이나 갈래?

예준 (혜주 눈치를 보며) 그럴까? 조지러 가자. 다 잊어버리고….

노래방에서 나오니 해가 진 상태이고, 아이들이 지친 듯 걸어 나온다. 혜주는 속이 시원한 듯 반짝거리는 눈으로 하늘을 바라본다. 예준과 진솔은 목이 쉰 듯 큼큼거린다.

진솔　　　　(기지개를 피우며 쉰 목소리로) 아~ 재미있었다!

하준, 다희　(동시에) 그니까!

혜주　　　　(활짝 웃으며 속 시원한 듯이) 기분 꿀꿀했는데 노래방에서 노니까 훨씬 기분이 나아졌어! 진솔아, 덕분에 기분 풀렸어. 고마워.

진솔　　　　(고개를 갸우뚱하며) 내가 뭘 했다고… 나야말로 심심했는데 재밌었다.

⁝ 3장 ⁝

진솔은 자신의 방 안에 앉아있다. 왼쪽으로는 진솔의 침대가 놓여있고, 오른쪽으로는 진솔의 책상과 의자가 있다. 진솔은 책상 위 올려진, 평균 성적이 7등급인 성적표를 방치하고 핸드폰 화면만을 쳐다보며 산만하게 다리를 떨고 있다.

진솔　　　　(핸드폰 화면을 내리며 아쉬워하며) 아… 이제 볼 게 없네. 내일 학교도 가야 하니까 빨리 자자!

다음 날이 되어 진솔은 해맑게 학교를 간다. 예준, 하준, 다희, 혜주는 진솔이 들어오는 걸 보자마자 진솔의 책상으로 뛰어간다.

혜주　　　　(걱정하며) 야! 너 괜찮아?! 성적 엄청 떨어졌다며! 어떡해….

예준　　　　(찡그리며) 어떡하냐… 난 운동이라도 해서 성적 떨어지든 말든 괜찮은데….

혜주	(깜짝 놀란 예준에게 작은 목소리로) 야! 넌 지금 그런 말이 나오냐! 안 그래도 속상한 애 기분 더 망치지 마!
예준	(억울해서 속삭이며) 난 진심으로 걱정돼서 한 말이지….

하준과 다희도 진솔을 걱정하며 눈치를 본다.

진솔	(고개를 갸우뚱거리고 어리둥절해 하며) 그게 그렇게 속상해 할 일인가? 다음에는 올라가겠지. 괜찮아!
예준	(당황하며) 시발 뭐지… 애 진짜 괜찮아 보이는데… 이게 차라리 나은 건가?
혜주	(안도하며) 다행이다! 난 너 속상해할까 봐 걱정했는데… MBTI 파워 A네! 긍정왕 이진솔!

⁚ 4장 ⁚

중간고사 시즌이고, 진솔과 혜주는 '카공'을 하고 있다. 진솔은 자신의 핸드폰을 쳐다보며 엽떡이 먹고 싶다 중얼거리고 있고, 혜주는 심각하게 문제를 풀고 있다. 진솔은 한쪽 다리를 올리고 껌을 씹고 있고, 혜주는 문제가 안 풀리는지 머리카락을 쥐어짠다.

혜주	(고개를 살짝 들며) 진솔아… 너는 만약에 공부가 싫은데 다른 사람들은 오늘도 전교 1등이겠지, 하며 공부에 대한 부담을 심어주면 어떻게 할 거야? 엄마랑도 이 문제 때문에 자주 싸워. 정말 포기해 버리고 싶어. 죽어버릴까?
진솔	(혜주를 쳐다보며 이해가 안 된다는 듯이) 엥? 나는 좋을 것 같은데! 나를 모범생으로 알고 있는 거잖아. 오히려 좋은데? 똑똑한 척 쌉가능이잖아. 엄마는 다 널 생각해서 말씀하신 걸 거

야.

혜주　　　(고개를 다시 푹 숙이며) ….

진솔　　　(시선을 핸드폰으로 돌리며) 넌 뭐 그런 게 걱정이냐? 별걸 다 신경 쓰네. 네가 요즘 좀 예민해서 그래. 조금 더 긍정적이게 상황을 바라봐봐! 사람들은 널 좋아하잖아. 부담감을 주는 것, 혼내는 것도 일종의 애정 표현이라고 생각해. 뭘 고민이라고 그렇게 심각하게 털어놓냐?

혜주　　　(진솔을 실망스러운 눈빛으로 쳐다보며) 그래… 너랑 무슨 얘기를 하겠냐.

진솔　　　(혜주를 퍼뜩 쳐다보며) 갑자기 왜 그래?

혜주　　　(진솔을 노려보며) 넌 어떻게 그렇게 긍정적이니? 너 옆에만 있으면 내가 세상에서 제일 부정적인 사람이야. 나 간다.

그렇게 혜주는 진솔을 떠난다. 다음 날, 둘은 학교에서 마주치지만 인사를 하지 않는다. 예준, 하준과 다희는 복도 한가운데에서 무슨 일인지 진솔에게 물어본다.

예준　　　(쏘아붙이며) 너네 싸웠냐? 뭘 했길래 혜주가 쌩까?

진솔　　　(황당한 표정을 지으며, 큰 소리로) 내가 뭘 하긴 뭘 해! 혜주가 어제 힘들다고, 엄마랑 자주 싸운다고… 공부가 싫고 못하겠다고 그랬어. 자기가 죽고 싶은 지경이라고, 아님 다 죽여버리고 싶다고. 그래서 조금 더 긍정적이게 생각하라고 말해준 것뿐이야! 그런데 어제부터 쟤가 날 쌩깐다고. 내가 뭘 잘못했어? (혼잣말로) 부정적으로 생각하며 쓸데없는 고민 털어놓은 게 누군데….

예준은 진솔을 내려다보며 한숨을 쉰다. 하준과 다희는 서로를 쳐다보며 고개를 젓는다. 지나가는 아이들이 진솔이 소리치는 것을 들으며 수군댄다.

예준　　　(버럭 하며) 야, 너 작작 좀 해! 네가 세상에서 제일 긍정적인 줄 알지? 너 그거 열나 가식 떠는 것 같고 보기 싫어. 안 그래도 힘들다는 애한테 그게 무슨 지랄이냐? (혼잣말로 짜증난다는 듯이) 진짜 뭐 하는 새끼야….

하준 (예준을 진정시키며) 나도 실망이다 진솔아… 긍정적인 줄은 알았는데, 그게 마냥 좋을지는 좀 생각을 해봐. 그건 그냥 헤픈 거야.

진솔을 뺀 나머지 친구들이 모여 이야기를 한다.

혜주 (한숨을 내쉬며) 하… 내가 진짜 진지하게 말한 건데. 난 이제 진솔이랑 못 놀 것 같다. 난 걔 안 봐, 이제.

다희가 혜주의 등을 토닥여준다.

예준 (헛웃음을 치며) 지랄. 우리가 그 새끼를 왜 보냐? 걱정하지 마. 그런 미친놈하고는 우리도 안 놀아.

다희랑 하준도 같은 생각이라는 듯이 고개를 끄덕인다.

꞉ 5장 ꞉

진솔은 재수학원 한가운데에 앉아있다. 재수학원의 선생님이 책을 주는 동안, 진솔은 멍하니 서 있다. 진솔의 핸드폰은 켜져 있는데, 그 속에는 대학 불합격의 화면이 나와 있다. 재수학원은 삭막하고 빛이 잘 들지 않는다.

진솔 (한숨을 쉬며 혼잣말로) 하… 그만두고 싶다….
선생님 (걱정스러운 눈빛으로) 무슨 일 있니?

진솔	(힘없는 목소리로) 고민이 있는데… 들어주실 수 있나요?
선생님	(눈썹을 올리며) 당연하지! 뭔데?
진솔	(망설이며) 제가 요즘 나름대로 공부를 열심히 하는데도 성적이 오르지 않는 것 같아서 의욕이 없어요. (울먹이며) 답답하고 우울해서 힘들어요….
선생님	(고개를 갸우뚱하며 눈썹을 올리며) 그게 그렇게 힘들어할 일인가? 네가 애초에 처음부터 열심히 했으면 이런 상황이 오지 않았을 텐데… 그냥 그때 미뤄냈던 걸 지금이라도 한다는 생각으로 좋게 생각해. 계속하면 언젠가 늘겠지! 이건 고민할 필요도 없어.
진솔	(당황하고 실망하며) 아… 네.

그대로 급하게 자리를 피한 진솔은 집에 가서 옛날 자신의 모습을 회상하며 생각에 빠진다. 무대는 깜깜해지고, 진솔이 있는 쪽에만 불빛이 들어온다.

진솔	(비통해하며, 관객을 쳐다보며) 내가 그랬었구나… 이게 상처될 말인 줄 생각을 못 했어… 그랬으면 안 됐는데. 바로 사과라도 할 걸…. 긍정적으로 생각하면 마냥 행복할 줄 알았는데 이게 아픔으로도 다가올 수 있구나.

막이 내린다.

거짓말¶

— 최윤영

한 달 전, 갑자기 법적으로 거짓말이 금지되었다. 무대가 교실 배경으로 바뀌고, 학생들이 말소리가 점점 커지면서 조명이 켜진다.

김미리 (의자에 앉아있다가 뒤에 있는 성나봄을 보기 위해 뒤돌며) 야, 성나봄. 나 할 말 있음. 너 왜 맨날 나랑 말할 때 폰만 봄? 나 너 그럴 때마다 좀 속상함.

성나봄 (하던 핸드폰을 내려놓으며 살짝 당황한 말투로) 아, 그래? 난 네가 말 안 해서 몰랐지. 너도 알잖아. 나 스마트폰 중독인 거 히히.

김미리 (웃음 섞인 목소리로) 알지 당연히. 그걸 내가 왜 모르겠니. 어쨌든 난 네가 적어도 나랑 얘기할 때는 폰 안 봤으면 좋겠음. 사실 별 기대 안 되기는 하는데 그래도.

성나봄 나도 사실 그렇긴 한데 일단 노력해 볼게. 아, 맞다! 나도 너한테 할 말 있어 히히.

김미리 (몸을 앞으로 돌리려다 다시 뒤돌며) 오, 뭔데? 너도 지금 이 기회에 하고 싶은 말 다 하셈.

성나봄 (장난스러운 표정과 함께 고개를 끄떡이며) 오키~ 넌 네가 이 학교에서 인기 많은 거 알아?

김미리 (팔짱을 끼며 우쭐대는 말투로) 당연히 알지. 남자애들이나 여자애들이 나한테 하는 것만 봐도 눈치채지. 내가 또 한 눈치 하잖니.

성나봄 (어이없어하는 말투로) 참나. 재수 없네. 좋겠다 인기 많아서. 쳇.

김미리 (쓸쓸한 웃음과) 야, 인기 많은 게 뭐. 연애를 해야지 연애를.

성나봄 (짧게 웃고 나서) 아 맞아, (몸을 김미리 쪽으로 기울이며) 너 박원이랑은 어떻게 돼가? 걔 아직도 몰라?

박원이 무대 오른쪽에서 들어와서 김미리와 성나봄에게 다가간다.

박원	(반갑게 손을 들며) 하이! 너희 나 빼고 뭐 하고 있었냐?
김미리	(한층 밝아진 목소리로) 너 얘기!
성나봄	(장난스러운 말투로) 우리의 솔직한 대화를 알고 싶니?
박원	(살짝 짜증나지만 단호한 말투로) 됐습니다. (김미리를 바라보며) 이따 점심 같이 먹자. 어때?
김미리	(말이 끝나자마자 망설임 없이) 당연히 좋지. 급식실도 같이 가자. 너랑 같이 가고 싶음.
박원	(김미리의 머리를 쓰다듬으며 밝은 목소리로) 좋아, 같이 가자. 야, 성나봄. 너도 같이 갈 거지?
성나봄	당근 히히.
박원	오키. (자리를 떠나며) 그럼 이따 봅시다. (손을 흔들며) 빠이~
미리, 나봄	(손을 흔들며) 빠이~

박원이 떠나자 성나봄은 김미리의 빨개진 두 귀를 보고 김미리를 놀린다.

성나봄	(웃으며) 야, 너 귀 뭐냐. 열나 빨개졌쥬~
김미리	(다급히 두 귀를 손으로 가리며) 아 진짜~! 조용히 해라. (몸을 앞으로 돌리며) 빨리 수업 준비나 하자. 쉬는 시간 끝나감.

수업 시작종이 울리면서 조명이 꺼진다.

ː 2장 ː

선생님이 무대에 올라간 후, 과학 수업이 진행되는 소리가 점점 커지면서 조명이 켜진다.

선생님	얘들아~ 너희 중간고사 시험 범위 내일 나오니까 나한테 물어 보지 마.
김미리	(손을 들며 큰 목소리로 또박또박 말한다) 선생님! 그 135쪽에 실험 있는데, 이거 시험에 나와요?
선생님	(거짓말을 하고 싶어 망설이다가) 하… 너 김미리. (이를 꽉 깨물며) 참, 똑똑해? (2초 뒤, 김미리를 빤히 쳐다보며) 응. 시험에 나와.
김미리	(웃으며 해맑은 목소리로) 네, 선생님! 친절히 알려주셔서 감사합니다!

점심 시간 시작종이 울린다.

성나봄	(김미리의 등을 톡톡 치며) 야, 네가 좋아하는 박원이랑 점심 먹으러 안 가? 박원 밖에서 기다린다.
김미리	(벌떡 일어나며) 가야지!

김미리는 다급히 일어나 성나봄, 박원과 함께 무대의 오른쪽으로 나가면서 조명이 꺼진다. 무대가 김미리의 방으로 바뀐다. 집 현관문 닫히는 소리와 함께 김미리가 무대 오른쪽에서 들어오면서 조명이 켜진다.

김미리	(가방을 바닥에 던지듯 내려놓고 침대에 누우며) 다녀왔습니다~
엄마	(방문에 기대고 한심해 하는 말투로) 미리야, 공부 좀 열심히 해라. 너 고등학교 2학년이야. 딸아, 너 나중에 뭐가 되려고 그러니?
김미리	(눈을 감고 대답하기 귀찮은 듯한 말투로) 그러게… 나도 모르겠다. 근데 엄마, 진짜 공부하기가 싫어. 내 몸이 그냥 거부해 공부를.
엄마	그건 내 알 바가 아니야. 너한테 공부 열심히 하라고 맨날 잔소

리하는 이유는….

김미리   (엄마가 항상 하던 말을 따라 하며) 다 널 위해서, 너 잘되라고 하는 소리야~

엄마   내가 딴 엄마들한테 자식 자랑하고 싶어서야. (살짝 흥분한 말투로) 네가 공부를 잘해야 내가 딴 엄마들 앞에서 부러움의 대상이 되잖니!

김미리   (평소와 다른 엄마의 말에 당황해서 눈을 뜨며) 어…? 이 엄마 그동안 나한테 거짓말했네! (배신감에 살짝 흥분한 목소리로)

엄마   (어이없다는 듯 헛웃음 치며) 아니, 그럼 설마 진짜 오직 너의 미래를 위해서 잔소리했겠니? 나도 학부모들의 치열한 생태계에서 살아남아야 할 것 아니니!

김미리   (당황스러워하며) 어우, 엄마! 진정해. 워~ 워~

조명이 꺼진다.

⁚ 3장 ⁚

무대가 교실 배경으로 바뀐다. 스크린에 달력이 다음 날로 바뀌면서 김미리를 비추는 핀 조명이 켜진다. 김미리가 성나봄한테 다가갈 때 핀 조명이 따라가면서 둘을 비춘다.

김미리   (자리에 앉아있다가 교실 뒤편에 있는 성나봄에게 다가가서) 성나봄, 나 할 말 있음. 이거 비밀로 해야 함 무조건.

성나봄   오키. 뭔데?

김미리   (굳은 다짐을 하듯 큰 심호흡을 한 번 하고) 나 오늘 박원한테 고백할 거야.

김미리의 말을 들은 성나봄은 독백으로 김미리가 박원에게 고백하면 일어날 일에 대해 따진다.

성나봄   (독백으로 따지면서) 아니 잠만. 얘가 고백해 버리면 박원도 얘 좋아하니까 당연히 받아줄 텐데… 김미리는 이미 인기 많은데 왜 굳이 박원이랑 연애까지 가려고 하냐. 나 진짜 박원이랑 사귀어서 인기 많아지고 싶은데… 아 몰라. 시발 짜증나 진짜.

핀 조명이 꺼짐과 동시에 무대 전체 조명이 켜진다.

성나봄   (매우 큰 소리로) 미친, 얘들아! 오늘 김미리가 박원한테 고백한대!

성나봄의 발언에 교실에 있던 학생들은 깜짝 놀라 모두 김미리를 쳐다보며 웅성거리다 금방 잦아든다. 무대 전체 조명은 어두워지고, 김미리와 성나봄을 비추는 핀 조명이 켜진다.

김미리   (매우 당황스러워 말을 더듬으며) 야, 성나봄… 너… 너 뭐해? 미쳤어?

성나봄   (뻔뻔한 말투로) 응? 왜? 뭐가. (김미리를 빤히 쳐다보며) 아니 ~ 네가 시발 그 박원한테 고백하면 걔 무조건 받아줄 거 아냐. 난 너희 둘 연애질하는 거 열나 보기 싫거든. 그래서, 그래서 한 번 퍼뜨려봤어. (김미리의 양팔을 잡으며 비꼬는 말투로) 혹시… 기분 상했어?

김미리   (성나봄의 손을 떼면서 어이없고 짜증난 말투로) 어 시발. 열나 상함. 넌 뭣도 아닌 게 맨날 나랑 박원 졸졸 따라다니면서 네가 그렇게 바라던 인기 있는 학생 체험을 해봤으면 적어도 내 비밀은 지켜줘야지, 시발 배신을 하냐?

성나봄   (뻔뻔한 말투로) 그러게 누가 맨날 당당하고 자존감 높으래?

김미리	(화를 참지 못하고) 야! 너 말 다 함? 이 새끼가 진짜 돌았네. 네가 자존감 낮아서 나한테서 열등감 느끼는 걸 왜 나한테 따지는데!

박원이 무대 오른쪽에서 나온다. 김미리와 성나봄이 싸우는 것을 발견하고, 곧장 둘이 있는 쪽으로 달려간다.

박원	너네 뭐해! 왜 싸우고 있냐? 다른 애들도 있는데! 일단 진정하고, 나한테 설명 좀 해봐, 이게 대체 무슨 일인지.
김미리	(침착한 말투로) 성나봄이 내가 오늘 박원한테 고백한다고 한 거 비밀로 해달라고 했는데 갑자기 다른 애들한테 알리니까 화나서….
박원	(침착한 말투로) 둘 다 잘못했네. 성나봄, 친구가 비밀로 해달라고 한 거는 지켜줘야지. 그리고 미리도. 이렇게까지 화낼 건 아니었다고 봐 나는. (독백으로) 내가 이래서 거짓말 금지법 싫어하는 거야…. (다시 침착한 말투로) 얘들아, 우리 서로 잘못한 거니까 빨리 화해하자. 화 풀고. 응?

조명이 꺼진다.

⸪ 4장 ⸪

스크린에 달력이 일주일 후로 바뀌고, 김미리와 박원이 다정히 손을 잡고 무대 오른쪽에서 등장하며 조명이 켜진다.

김미리	(박원과 함께 성나봄에게 다가가며 밝은 목소리로) 나봄! 나 너한테 물어볼 거 있음.

성나봄	(상냥한 말투로) 뭔데? 빨리 알려줘~
김미리	(진지하게) 그게 우리가 저번에 한 번 크게 싸우고 감정적으로 상처를 나도 그렇고 너도 그렇고 많이 받은 것 같아서 원이랑 생각을 해봤는데 우리 셋이서 거짓말 금지법 폐지 시위하는 거 어떻게 생각해? 난 사실 바뀐 법과 지내는 삶이 꽤 행복하다고 느꼈었는데 아니더라고. 거짓말이 살아가는 데 있어서 꼭 필요한 것 같음.
성나봄	나야 너무 좋지! 나도 사실 너랑 크게 다투고 다른 사람들은 법 때문에 이런 감정적인 상처를 안 받았으면 좋겠다고 생각하고 있었거든.
김미리	대박! 너무 좋다! 그럼 우리 셋이서 화이팅 해보자!
박원, 성나봄	화이팅!

김미리, 박원, 성나봄이 손 제스처와 함께 화이팅을 외치면서 조명이 꺼진다.

3부
───────────
끝없는 삶

지옥의 트랙 ¶

— 손예진

ː 1장 ː

크로스컨트리 경기에서 2등으로 들어온 승경은 무대 중앙에서 땀 범벅인 채 다리를 짚으며 헉헉거린다. 모든 조명이 꺼진 어두운 무대에는 빨간 조명 하나가 승경을 비춘다. 승경은 바닥을 향해 고개가 떨어져 있고 정색을 한 표정으로 몇 초 동안 말이 없다.

승경　　　(이를 악물며) 또… 또 2등이야… 내가 이날을 위해 얼마나 노력했는데…. (주먹을 꽉 쥐며) 난 도대체 왜 에밀리를 이길 수 없는 거지? (머리 오른쪽을 부여잡으며) 분명히 죽을힘을 다해 달렸는데… 금메달을 갖기 위해 몇 달 동안 얼마나 열심히 노력했는데….

그때 23등으로 들어온 은지의 목소리가 들리고 빨간 조명이 꺼진다.

은지　　　(밝은 목소리로) 이승경!

무대 오른쪽에서 학교 팀원들과 코치가 승경을 향해 다가오며 노란 조명이 하나씩 켜지기 시작한다.

은지　　　(땀 범벅인 채로 헐레벌떡 달려오며 시원한 물병을 까주면서) 2등 축하한다 아이가! 너 이번에 저번 경기보다 27초나 빨리 들어왔다. 수고했다! (물병을 내밀며) 얼른 물 마시라.

승경　　　(물병을 건네받으며 풀이 죽은 목소리로) 고마워….

은지　　　에이 목소리가 와 그라노. 1등 못 해서 그러나? 네가 100명 중에 탑10이다. 10.

후배 1　　　(고개를 끄덕이며) 맞아요. 언니! 그 많은 사람 중에서 두 번째로 체력이 좋은 게 얼마나 대단한데요!

후배 2	같은 팀으로서 너무 자랑스러워요! 특히 마지막에 킥 너무 멋있었어요!
승경	(아직도 만족하지 못한 표정으로) 고마워, 얘들아⋯.

이어서 코치가 다가와 천으로 만들어진 손바닥 크기의 동그란 탑10 배지를 손에 쥐여준다.

코치	넌 이 배지를 받을 자격이 있을 만큼 열심히 했다. 축하한다 승경아.
승경	(탑10 배지를 빤히 바라보며 어두운 목소리로) 감사합니다. 코치님⋯.

이때 무대 오른쪽에서 에밀리가 1등 포디움 위에 올라가고 사회자가 에밀리의 목에 금메달을 둘러주며 밝은 조명이 에밀리를 향해 움직인다.
승경은 포디움 위에 있는 에밀리의 금메달을 올려다보며 탑10 배지를 쥔 오른손을 꽉 쥐고 조명이 꺼진다.

⁚ 2장 ⁚

헬스장에서 연습을 마친 승경은 수건을 목에 두른 채 무대 중앙에 있는 러닝머신 끝에 걸쳐 앉아 헉헉거리며 핸드폰 사진 속 에밀리의 금메달을 확대해서 본다.

승경	(머리를 부여잡으며) 하⋯ 어떻게 해야 다음 시즌 카약 경기에서 1등을 할 수 있지?

이때 승경의 모습을 지켜본 악마가 무대 왼쪽에서 사악한 미소를 지으며 사사삭 다가간다.

| 악마 | (승경이를 툭툭 치며 사악한 말투로) 이봐 학생! 딱 보니까 달리기 선수인데 저 금메달 갖고 싶지 않아? |

승경이는 악마를 보고 흠칫하더니 핸드폰 속 금메달을 보고 고개를 끄덕인다.

| 악마 | (오른쪽으로 사사삭 다가가며) 네가 저 금메달을 얻을 방법이 있는데… (사악한 미소를 지으며) 우리 거래를 하나 하지 않을래? |
| 승경 | (의아한 표정으로) 정말 제가 금메달을 가질 수 있어요…? |

악마는 당연하다는 표정으로 주머니에서 보라색 물약을 꺼낸다.

| 악마 | 이게 바로 네가 금메달을 가질 수 있게 해주는 마법의 물약인데 이것을 마시게 되면 노력 없이도 네가 경기에 있는 그 누구보다 빨리 달릴 수 있는 무한의 체력을 줘. (속삭이며) 어때? 갖고 싶지 않아? |

승경은 침을 꼴깍 삼키며 잠시 고민을 한다.

| 악마 | 대신… (음흉한 미소를 지으며) 이 약을 먹으면 대가가 따라야겠지? 네가 이 약을 얻는 대신 너는 지옥에 빠지게 될 거야. 그 누구도 너를 지옥에서 구해줄 수 없어. (승경의 귀에 가까이 다가가며) 어때? 평생토록 1등의 삶을 사는 건데. 인생에 다시는 안 오는 한 번뿐인 기회인 거 알지? |
| 승경 | 지옥…? (코웃음 치며) 말도 안 돼. 세상에 지옥이 어딨어. 내가 평생 1등을 하겠다는데 그것보다 더 좋은 천국이 나에게 오기라도 할까? (물약을 낚아채며) 에잇 모르겠다. |

승경은 악마가 준 물약을 꿀꺽 마시며 온몸을 부들거리고 조명이 꺼진다.

약을 먹고 무한의 체력을 얻은 승경은 매 경기마다 1등을 하게 된다. 오늘도 1등으로 결승선을 들어온 승경은 무대 중앙으로 달려온다.

승경　　(양손을 쭉 뻗으며) 역시 오늘도 내가 1등이야. (감격스러워하며) 1등이라는 게 바로 이런 기분이었구나. 역시 악마의 제안을 받아들이기 잘했어!

곧이어 은지가 승경을 향해 달려온다.

은지　　(놀란 표정으로 승경의 어깨를 흔들며) 이승경. 너 미친 거 아이가! 1등 했다! 1등! 진심으로 축하한다!

승경　　(코웃음을 치며) 훗. 이제 보니 에밀리 별거 아니더라.

승경은 은지 옷에 붙어있는 순위를 뚫어져라 쳐다본다.

승경　　근데… (못마땅한 표정으로) 은지야, 너는 등수가 2개나 내려갔네?

은지　　(당황하며) 아… 나? 별거 아이다. 다음번에 올라가면 되제.

승경　　(피식하며) 별거 아니라니. 너 저번에도 한 등수 떨어졌잖아. 이런 식으로 계속 밀려 나가면 선수로서 감 잃는 거 알지?

은지　　(기분 나쁜 표정으로 애써 웃으며) 아… 하하. 알겠다. 야! 오늘부터 연습 더 열심히 할기다.

승경　　(비웃는 듯이 고개를 절레절레 흔들며) 아니, 아니. 열심히 연습한다고 등수가 다시 올라가는 게 아니야. 네가 훈련을 열심히 한다고 다른 선수들은 열심히 안 할 것 같니?

은지　　(급격히 어두운 표정으로) 너 갑자기 와 그라노… 내가 무슨 등수를 했든 신경 안 썼다 아이가….

승경 친구로서 걱정해 주는 거 아니야. 그리고…. (잠깐 멈칫하며) 이제 팀 점수도 신경 써야지. 내가 맨날 1등 하면서 그나마 팀 점수를 올려주는데 나머지 팀원 때문에 학교 7개 중에서 우리가 4등이야. 4등이 말이 돼? (중얼거리며) 그럼 1등인 나의 이름이 먹칠 되는 것도 모르나?

은지는 한동안 말이 없다가 보다 못해 무대를 떠난다. 승경은 계속해서 중얼거리면서 조명이 꺼진다.

ː **4장** ː

코치 (언성을 높인 채로) 뭐? 더 이상 팀전을 뛰지 않겠다고? 너 지금 단톡방에서도 나가고, 두 달째 훈련도 안 나오고. (소리 지르며) 1등이라고 이제 막 나가는 거야? 너 이런 식으로 나오면 다시는 찾아오지 마. 알아들었어?

코치가 퇴장한다.

후배 1 (울먹거리며) 언니… 그럼 저희는 어떡해요? 언니 없으면 저희 팀 바로 최하위로 떨어져요. 제발 팀전도 나가주시면 안 돼요?

은지 (화가 난 말투로) 야! 이건 너무 무책임한 거 아이가? 어떻게 채드윅 선수로 나가서 개인전만 뛰고 오는데? 이제 더 이상 너한텐 우리가 안 보이노? 우린 너한테 아무것도 아이고?

승경 (짜증을 내며) 저번에 말했잖아. 이미 개인전에서 1등을 하는데 팀전이 무슨 의미가 있냐고.

은지 그때….

승경	(말을 확 끊고 소리를 지르며) 아, 그냥 너희가 못 뛰는 걸 어떡
	해! 너랑 나랑 같은 코스에 5분 차이가 나. 5분. 이렇게 갭이 큰
	데 당연히 팀 점수가 떨어지지. 그리고 4등 학교라고 불리는
	거 자존심 상해. 너흰 수치스럽지도 않냐?

승경은 헤드폰을 끼고 무대 밖으로 퇴장한다. 무대에는 어두운 조명 아래 선수들만 남아있고 은지는 한동안 말없이 서 있다. 조명이 꺼진다.

⁝ 5장 ⁝

드디어 승경이 기다리고 기다리던 경기가 다가왔다. 총소리가 탕 들리는 순간 승경은 빠른 속도로 무대 중앙까지 도착해 계속해서 달린다.

승경	(흥분한 상태로) 역시…! 이대로만 간다면 금메달은 내 거야…!

한참을 달리던 승경은 갑자기 주위에서 이상함을 느낀다. 승경이 달리던 트랙을 둘러쌓은 산과 나무들의 조명이 하나씩 꺼지며 쌩쌩거리던 바람 효과음이 더 이상 들리지 않는다. 무대는 온통 어둡고 승경을 향한 조명 하나밖에 남지 않았다.
결승선 끝에는 금메달 하나가 책상 위에 떡하니 놓여있고 주변에는 아무도 승경을 기다리고 있지 않다. 승경은 속도를 점점 늦춘 후 책상 앞까지 다가와 천천히 금메달을 잡는다.

승경	(이상해하며) 뭐지…?
악마	(박수를 치면서 걸어들어오며) 어때? 네가 그토록 원하던 금메
	달이야. 반짝거리고 좋지?
승경	(고개를 갸우뚱거리며) 아니… 왜 이러지…? 분명히 금메달을
	손에 쥐었는데 기분이 왜 이러지…?

악마	(인상을 찌푸리며) 왜 그러는 거야? 지금쯤이면 소리를 지르며 기뻐해야 하는 거 아니야?
승경	기분이 너무 이상해…. (가슴에 손을 대며) 왜 내가 탑10 배지를 처음 받았을 때처럼 심장이 다시 뛰지 않는 거지…? (한참을 고민하고) 내가 선수로서 가장 행복했을 때가 언제였을까….

승경은 금메달을 자세히 들여다본다. 금메달 안에는 오른손을 높이 뻗은 선수의 실루엣 뒤에 수십 명의 사람들이 환호하고 유니폼을 하늘 위로 던지는 그림이 새겨져 있다. 이어서 승경은 주위를 둘러보고 한참 동안 말이 없다.

승경	(금메달을 다시 들여다보며) 내가 어쩌다 혼자가 되었을까… 내가 어떤 결과를 얻든 진정으로 행복했을 때는 나를 진심으로 축하해 주고 응원해 주는 나의 소중한 팀원들과 함께였을 때였어… 은지… 은지가 나를 가장 응원해 줬지… 그런 나는 팀이 열심히 노력해서 얻은 결과를 무시하고 비웃고… 이제야 보인다…. (주위를 다시 둘러보고 갑자기 두려움에 떨며) 이게 바로 악마가 말한 지옥인가…? 내 곁에 아무도 남지 않는 어둠의 지옥…?

⋮ 6장 ⋮

악마	(폭소하며 승경에게 다가온다) 너 지금 설마 이게 지옥이라고 생각하는 거야?

악마는 악마가 음흉한 미소를 지으며 승경을 트랙에 다시 세게 밀어 넣는다. 무대의 조명은 모두 꺼지고 승경이를 향한 조명 하나 아래 승경은 다리가 제멋대로 움

직이며 무대 중앙에서 매섭게 달리기 시작한다.

승경   (당황하며) 뭐야? 왜 발이 멈추지 않지?

악마   (본성을 드러내며) 이년이 기껏 원하는 금메달을 손에 쥐여주
         니까 뭐? 행복하지 않다고? 이제 돌아가는 건 없어. (사악하게)
         넌 평생 내 밑에서 지옥의 트랙에서 달리게 될 거야.

악마는 퇴장하고 승경은 무대 중앙에서 제자리인 상태로 계속해서 달린다.

승경   (소리를 지르며) 제발 그만! 제발 누가 날 좀 멈춰줘!

그때 어둠 속에 희미하게 보이는 달리기 선수들이 우르르 지나간다. 선수들은 슬로
우 모션으로 마치 시간이 느리게 달리는 것처럼 연출된다. 그중 선수들 사이에 조
명 하나가 은지를 향해 비춘다. 승경이를 향해 비추는 조명은 금방이라도 꺼질 듯
이 깜빡거린다.

승경   (목소리를 떨며) 은지야…? 은지 맞지? 나 너무 무서워 은지
         야…. (간절하게) 제발 나 좀 데려가 줘. 너한테 진심으로 전하
         고 싶은 말이 있단 말이야. 제발….

은지는 냉정한 표정으로 승경의 눈을 5초 동안 바라보다 차갑게 고개를 돌리며 조
명은 다시 꺼진다.

승경   (공허한 눈빛으로 관객을 바라보며) 너무 늦은 걸까…?

승경은 계속해서 공허한 눈빛으로 지옥의 트랙을 달리고 승경을 향해 비추는 조명
은 결국에 꺼진다.

행복필(pill) ¶

권유은

A01-1 연구소 휴게실. 텔레비전에서 행복필에 대한 뉴스가 나오고 있다. 희비는 자신과 애환의 커피를 타고 있고 애환은 행복필의 성장 가능성을 화이트보드에 정리하고 있다.

앵커   (텔레비전 속) 행복필은 정말 위대한 발명품입니다! 이 모든 영광을 A01-1 연구소에 전합니다!

희비   (커피 두 잔을 테이블 위에 놓으며) 여보, 우리가 정말 옳은 것을 한 건가?

애환   뭐가?

희비   (소파에 앉으며) 나는 말이야, 아버지가 시켜서 만든 것뿐인데 이렇게까지 칭송받아도 되는지 모르겠어. 잘한 짓인지도 모르겠고.

애환   (눈썹을 찡그리며 희비를 등진 채 고개를 돌려 그녀를 바라보며) 그러니까 뭐가 문젠데?

희비   (몸을 움츠리며) 아니… 물론 사람들을 행복하게 만들기는 했지만 (강조하며) 진짜 행복한 게 아니잖아. (행복필을 손가락으로 쥐며) 이런 게 행복하다고 해도 되는 걸까?

애환   니 연구소장님이 여기서 함량 높여보라고 하신 거 잊은 기가? 그런 문제는 우리가 해결할 게 아니고, 윗사람들이 하는 거야.

희비   하지만 우리가 만들었는데 우리가 생각해야 할 문제인 거 아니야? 그리고 여기서 함량을 더 높였다가는 정말 위험해. 사람들은 우리를 믿고 먹는 거야. (자신 없는 목소리로) 우리가 옳은 선택을 해야 해.

애환   (완전히 몸을 희비에게 돌리며) 내가 말했다이가, 그건 우리가 걱정할 문제가 아니라고. 우린 시키는 일을 하고 돈만 받으면 끝인데 뭐가 더 걱정인 건데. 희비야, 내가 항상 걱정 좀 적당히 하라고 했제. (다시 화이트보드에 끄적이며) 지금 건 너무 갔다.

희비   여보, 하지만….

앵커   (텔레비전 속) 행복필이 세상에 나온 지 1개월 만에 사람들의 우울증 증세가 1% 이내로 줄어들었고, 가격이 폭등한 문화생활을 즐기지 않아도 돼 과소비 또한 막는다는 시민들의 반응입니다.

시민 1   (텔레비전 속) 정말 위대해요!

시민 2   (텔레비전 속) 정말 고마운 존재예요! 이제 없으면 못 살아요.

애환   나 먼저 연구실에 갈 테니까 알아서 생각 정리하고 와. (손목시계를 보며) 5분. 5분 안에 정리해. (커피를 한입 마시고 휴게실을 나간다)

조명이 희비만을 비춘다.

희비   (소파에서 벌떡 일어서며) 하지만 이건 정말 아닌 것 같아. 이런 건 정말 행복하다고 할 수 없어. 행복은 감정이야. 이런 식으로 인공적으로 만들어 내는 건… 정말… 로봇이 아니고 뭔데? 우울할 때 먹고, 슬플 때 먹고, 화날 때 먹고. 이게 어떻게 인간이야. (휴게실 안을 빙글빙글 돌며) 사람들이 행복필 덕분에 우울증이 나아지고, 비싼 문화생활을 하지 않아도 된다는 걸 보고 나는 기뻐해야 하는 거야? 사람들이 싸고 쉬운 행복을 얻을 수 있어서? 하지만 행복은 이런 식으로 얻어지는 게 아니야. (창밖을 보며) 거리에서 내가 사랑하는 사람과 시간을 보내고, 좋아하는 음식을 먹고, 취미생활을 하고. 이게 행복 아니야? 그리고 실질적으로 우울증이 해결되는 것도 아니야. 그냥 뇌를 속이고 환상을 보여주는 것뿐이야. 정말… (바닥에 주저 앉는다) 나 자신이 부끄러워… 내 손으로 뭘 만든 거지? 이제 더 이상 아버지가 하라는 대로 할 수는 없어. (일어서며) 애환이랑 아버지를 설득시켜야 해.

⁝ 2장 ⁝

A01-1 연구소 제1 연구실. 애환은 의자에 앉아 노트에 글을 끄적이고 있고 희비는 무대 왼쪽을 통해 들어온다.

애환　그래서 정리하고 왔나?

희비　응, 정리됐어.

애환　(일어서며) 그럼 이제 연구를 이어서….

희비　(애환의 말을 자르며) 생산 중단해야 해.

애환　뭐? 내가 정리하고 오라고 했제, 결정을 하고 오라고 안 했어.

희비　아니, 그건 내가 정해.

애환　(놀란 얼굴로) 그래서, 이번에 궁금한 건 또 뭔데.

희비　너는 정말 한 번도 이 행복필이 옳은 것인지 생각해 본 적 없어? 이게 어떤 효과를 불러일으키고 사회적으로 어떤 영향을 미칠지?

애환　또 그 얘기가? 그건 밑에 연구원 애들이나 정리하는 거고, 우리는 개발에 집중하면 끝이야. 일하고, 결과물 나오고, 그거에 대해 세상에서 인정받고, 돈 받고. 반복 또 반복. 그거면 되는 거야, 응? (다정하게 희비를 안으려고 한다)

희비　(애환을 뿌리치며) 너는 정말 돈과 명예면 된다고 생각하는 거야? 그게 끝인 거야? 우리는 행복해도 이걸 먹는 사람들을 걱정해 줘야 하는 거 아니냐고.

애환　니 왜 인제 와서 그라는데? 우린 이미 개발했고, 결과물이 세상에 나왔어. 그럼 된 건데 계속 같은 말 반복하게 할 거가?

희비　(주춤하며) 왜 그런 거에만 집착하는 거야!

애환	(희비를 빤히 쳐다보며) 나도 공주님처럼 자랐으면 이러지는 않았겠지.

긴 침묵.

희비	방금 그건 무슨 의도야?
애환	뭐가요, 공주님?
희비	그만해.
애환	(놀리는 듯한 목소리로) 죄송합니다. 공주님, 제가 실수하였습니다. (가슴에 손을 얹고 희비를 향해 허리를 숙인다)
희비	(이를 꽉 깨물며) 그만하라고.
애환	(팔짱을 끼며) 한 대 치시겠네? 왜? 내가 돈과 명예만 좇는 파렴치한이니까? 니는 선량한 사람들을 걱정해 주는 착한 사람이니까?
희비	그런 게 아니야….
애환	그런 게 아니면 뭔데? 니는 아버지가 연구소장에, 니도 수석연구원이니까 세상 무서운 게 없는 기제, 그지? 말하는 대로 뭐든 게 이뤄지고, 뭐든 게 만들어지고.
희비	괜한 소리 하지 마. 나는 정말로 그런 게 아니라….
애환	(희비의 말을 자르고 노트를 의자에 던지며) 그만해! 니랑 지내면서 자존감 바닥나는 거, 이제 지친다. 그만해라, 니도.
희비	(목소리를 높이며) 뭘 그만해? 네가 괜한 자격지심 내세우는 거? 지금 네가 어린애처럼 구는 거? 차라리 나 돈 보고 결혼했다고 하지 왜? (눈에 눈물이 고인다)
애환	(큰 목소리로) 그래, 맞다! 돈 보고 결혼했어. 인제 와서 어쩌게?
희비	거짓말.
애환	거짓말 아냐.
희비	거짓말.

애환	거짓말 아니라고!
희비	거짓말.
애환	…….
희비	거짓말.
애환	따라 나와. (희비의 손목을 낚아챈다)

ː 3장 ː

A01-1 연구소 테라스. 행복필에 들어가는 식물을 재배하는 공간. 밖으로는 석양이 진다.

희비	아파! (애환의 손을 뿌리친다)
애환	……(침묵)
희비	조용히만 있지 말고 말을 해! (눈에 고여있던 눈물이 흐른다)
애환	미안해. (땅을 쳐다본다)
희비	뭐가? 뭐가 미안한데?
애환	……(침묵)
희비	(눈물을 훔치며) 네가 얼마나 이 연구에 매달렸고, 진심인지 알고 있어. 하지만 이렇게 두어서는 안 돼. 평생 아버지 말만 듣고 살아갈 순 없는 거잖아… 그만 땅 쳐다보고 나 봐.
애환	(희비를 바라본다)

희비가 난간(관객) 쪽으로 걸어간다.

희비	(애환에게 등을 진 채로 난간에 팔을 기대며) 우리 마지막으로 같이 석양 본 게 언젠지 기억나? (턱을 괸다)
애환	(작은 목소리로) 2065년 1월 1일. 우리 결혼하고 처음으로 같이

해 봤던 날.

| 희비 | (살짝 웃으며) 그건 해 뜨는 거고! 지금은 지고 있잖아. |
| 애환 | 아…. |

희비가 고개를 돌려 애환을 바라본다. 애환이 희비에게 걸어가 나란히 난간에 기댄다.

희비	우리 결혼하고 처음으로 해 뜨는 거 본 날까지 기억하면서 나를 돈 보고 결혼했다고? (은은한 미소를 띠며) 거짓말쟁이. 나쁜 말만 할 줄 알고.
애환	그러게, 내가 어떻게 기억하고 있지? 나도 나를 모르겠다. (희비를 안는다)
희비	그게 행복이고 사랑인 거야.
애환	그런가 봐.
희비	나 사실 너 만날 때 진짜 돈 한 푼도 없었어. 아버지한테 용돈 받으면 뒤에서 말 나올 게 뻔했거든. 근데 네가 날 좋아해 줄까 하고 일부러 내가 밥 다 사고 그랬던 거야. 내가 내세울 수 있는 게 그것밖에 없어서.
애환	알고 있었어.
희비	뭐? 알고 있었다고?
애환	네 친구한테 다 들었다이가. 내가 네 등골 빼먹는다고.
희비	뭐?! 걔가 진짜. (얼굴을 손으로 가린다) 근데 알고도 그걸 다 받아먹은 거야? 이놈이 진짜! (애환의 어깨를 때린다)
애환	아! 아! 하지 마라! 아파, 진짜 아파! (해맑게 웃는다)
희비	그래서 나랑 같이 아버지 설득하러 갈 거야?
애환	어… 그건… 그니까, 그게….
희비	대답 제대로 안 해?! (애환의 품에 달려든다)
애환	악! 아랐다, 아랐다. 같이 가줄게. 가자!
희비	앞으로 그런 말은 하지 마.

애환	미안해.
희비	사랑해. 사랑한다고 말해줘.
애환	사랑해, 희비야.
희비	나도.

스콧 멕기디,
무엇이든
이루어지게
하는 남자¶

— 안이든

런던의 작은 마을인 햄프스테드에는 정말 평범하고 생기고 정말 평범한 인생을 사는 한 남자가 있다. 그의 이름은 스콧 멕기디.

스콧　　이 지긋지긋한 삶에서 벗어나고 싶다.

무대에 방과 회사가 각각 왼쪽과 오른쪽에 있다. 오전 6:30에 알람이 울리자 스콧은 침대에서 눈을 비비며 여느 때와 같이 일어나 회사를 갈 준비를 한다.

스콧　　망할 인생, 지치도록 짝이 없다. 너도 그렇게 생각하지 버피?

버피는 갸우뚱하며 스콧을 쳐다본다.

스콧　　(투덜대듯) 그래, 네가 뭘 알겠냐?

버피는 스콧의 말을 알아들은 듯 꼬리를 흔들었다. 버피를 뒤로하고 스콧은 문을 나간다. 무대에서 스콧은 문을 열고 회사로 간다.

스콧　　죄송합니다. 차가 너무 막혀서 늦어….

스콧의 말이 끝나기도 전에 스콧의 상사는 말했다.

벨링엄　　(인상을 찌푸리며) 닥치고 앉아서 일이나 시작해. 변명할 시간에 자료 하나라도 더 쓰겠다.

스콧은 자리에 앉아 일을 시작했다. 스콧은 지친 회사생활을 마치고 집에 돌아왔다. 무대에서 스콧은 회사 문을 열고 집으로 돌아온다.

| 스콧 | 버피야, 네 밥그릇을 혼자 채우는 법은 언제 배울 거니? (밥을 채워준다) 오늘도 직장 상사가 나한테 뭐라고 했다. (스콧은 한숨을 쉰다) |

스콧은 잠잘 준비를 한다.

| 스콧 | 아직 수요일이네. 이놈의 회사생활은 언제쯤 끝날까? 오, 신이시여! 저에게 신의 능력을 주세요. 하… 뭔 소원을 빌고 앉아있냐. 잠이나 자자. |

스콧은 잠을 청한다.

⋮ 2장 ⋮

다음날 스콧은 늘 그렇듯 오전 6:30에 일어나 회사 갈 준비를 한다. 스콧은 준비하던 중 집을 난장판으로 만든 버피를 보게 되었다.

| 스콧 | 아오, 그냥! 이걸 언제 다 치워. 누가 와서 내 집 좀 치워주면 좋겠다. |

그러자 집에 청소부들이 들이닥치며 스콧의 집을 치우기 시작했다.

| 스콧 | 뭐하시는 거예요? 남의 집에 쳐들어와서는! |

청소부들은 스콧을 무시한 채 집을 깨끗이 치우고 나간다.
스콧은 자기 전 한 말을 기억한다.

스콧	설마….

스콧은 자신의 능력을 확인하기 위해 소원을 빌어본다.

스콧	내가 지금 회사에 있으면 좋겠어.

무대는 회사 쪽으로 바뀐다. 스콧은 눈 깜짝할 사이 회사에 도착했다.

밥	내가 방금 뭘 본 거지?
스콧	밥 놀라지 마. 나에게 초능력이 생긴 것 같아.
밥	말도 안 돼. 순간 이동 같은 거야?
스콧	아니. 말하는 대로 모든 게 이루어지는 것 같아.
밥	정말? 그럼 소원 하나만 들어줘 봐.
스콧	뭔데?
밥	내 앞에 유니콘이 나타나게 해줘.
스콧	장난하냐? 빨리 다른 거 생각해 봐.
밥	알았어. 나를 할리우드 톱스타로 만들어줘.
스콧	오케이. 한 번 해볼게. 밥을 할리우드 톱스타로 만들어줘.

그러자 기자들이 회사를 들이닥쳐 밥의 사진을 찍기 시작했다.

밥	맙소사. 난 스타야!

그러자 회사 안으로 두 명의 경호원들이 들어오더니 밥을 끌고 나갔다.

경호원	여기 있으시면 어떡해요? 한참 찾았잖아요. 촬영 시작 30분 전이에요.
밥	네? 아, 그래 얼른 가자. 스콧, 내일 봐! 우리 촬영장으로 가기 전에 맥도날드 들렀다 가자고.

스콧은 퇴근하고 집에 돌아와 생각했다. 무대는 스콧의 집으로 변경된다.

스콧   잠깐만. 정말 내가 말하는 대로 된다면 이 지긋지긋한 삶에서 벗어날 수 있는 거잖아.

스콧은 꿈꿔왔던 인생을 살 수 있다는 기대감에 미소가 사라지지를 않는다.

스콧   그래 소원을 비는 거야.

스콧은 온갖 소원을 빌기 시작했다.

스콧   내가 억만장자가 됐으면 좋겠어. 나를 몸짱으로 만들어줘. 근사한 집으로 이사시켜줘. 아주 예쁜 아내를 갖게 해줘.

무대는 고급지게 바뀐 스콧의 집으로 바뀐다. 그러자 눈 깜짝할 사이에 스콧은 저택 안에서 초콜릿 복근을 장착한 채 옆에는 아름다운 아내가 서 있었다. 그러자 휴대전화기에 알람이 울린다. 스콧은 눈이 휘둥그레지며 휴대전화기를 바라봤다. 통장 잔액이 1조인 것을 확인한 스콧은 드디어 꿈에 그리던 인생을 살 수 있게 됐다는 기쁨에 차 스콧은 밥에게 전화를 건다.

스콧   밥! 내가 드디어 꿈에 그리던 인생을 살게 됐어! 난 부자야!
밥   뭐라고?
스콧   지금 당장 우리 집으로 와!

그렇게 1년이라는 세월이 지났다.

스콧   내가 지금 하와이에 있으면 좋겠어. (스콧은 하와이로 순간 이동한다) 내가 지금 몰디브에 있으면 좋겠어. (스콧은 몰디브로 순간 이동한다) 안 가본 곳이 있어야 말이지… 이거 좋다. 내가 지금 조용한 숲 속에 있으면 좋겠어. (스콧은 숲 속으로 순간 이동한다) 그래 가끔은 사람도 없는 조용한 숲 속도 괜찮잖아. (스콧은 한참 동안 숲속을 산책하다 한 오두막을 발견한다) 음? 웬 오두막?

그러자 어느 할아버지가 나타났다.

할아버지   당신 누구야? 왜 우리 집에서 어슬렁거려!

스콧   (당황한 듯) 아! 죄송합니다. 아무도 안 계신 줄 알았습니다. 근데 이렇게 깊은 숲속에서는 뭐하고 계세요?

할아버지   조용하잖아. 사람도 없고.

스콧   혼자 사세요? 이 집은 직접 지으신 거고요?

할아버지   지금은 혼자 살고 있지. 이 집 만드는 데 7개월이나 걸렸어.

스콧   7개월이나요? 그렇게 오랜 시간을 혼자 어떻게 보내셨어요?

할아버지   원래 사람은 정말 이루고 싶은 목표가 있으면 해낼 때까지 집착하게 되어있어.

스콧   (스콧은 악수를 건네며 소개를 한다) 소개가 늦었네요. 전 스콧이라고 해요.

할아버지   난 윌리엄. 그나저나 자네야말로 이리 깊은 숲속에서 뭐 하고 있는 거야?

스콧   사람 없는 조용한 곳이 가고 싶었어요.

윌리엄   나도 사실 자네와 같은 생각으로 온 거야. 어렸을 때 난 내가 뭐든지 할 수 있다고만 믿었어. 그래서 항상 나 자신에게 한계는 없다고 생각했지. 하지만 사회는 정반대더라고. 내가 뭐만 해내겠다 하면 다들 나를 부정했어. 모두 내가 해낼 거라고 믿지 않았거든. 난 이런 사회가 희망 그리고 잠재력으로 가득 찬 나를 깎아내리는 듯한 기분이 들었어. 그래서 사회에서 벗어나 여기까지 온 거야. 여기서는 아무도 나를 방해하지 않았거든. 덕분에 집도 스스로 만들고. 덕분에 지금까지 혼자 버텨왔고. 난 이루고 싶은 목표는 최대한 이루면서 살고 있어. 난 나자신을 믿으니까.

스콧	가끔은 누군가의 도움이 필요하지 않아요?
윌리엄	뭐 가끔가다 있지. 하지만 힘든 일을 내가 혼자서 해내면 성취감이 장난이 아니야. 가끔은 나도 내가 자랑스러워. (미소를 짓는다)
스콧	그렇군요. 전 늘 목표는 있지만 달성해 본 적은 없었는데.
윌리엄	시도도 안 해보고 너의 한계를 정하지 마. 시간이 있을 때 하는 게 좋을 거야. 내 나이가 되면 하고 싶어도 몸이 안 따라.
스콧	정말 감사해요. 이런 말이 필요했던 것 같아요. 시간이 꽤 늦어서 전 이만 가야 할 것 같아요.
윌리엄	그래, 어서 가봐.
스콧	감사합니다! (스콧은 윌리엄의 시야를 피해 집으로 순간 이동했다)

ː 4장 ː

무대는 스콧의 집으로 바뀐다.
스콧은 집에 돌아와 소파에 주저앉아 고민한다.

| 스콧 | 내가 정말 이대로 행복할 수 있을까? 인생의 흥미를 점점 잃어 |

가는 것만 같아. (스콧은 밥에게 전화를 건다) 오늘 저녁에 뭐 해?

밥   요트 위에서 파티나 하려고 하는데, 너도 올래?

스콧   아니, 괜찮아. 건강 좀 챙겨. 너 요즘 살 많이 쪘더라.

밥   (밥은 자신의 몸을 확인한다) 그러게. 왜 이리 많이 쪘냐.

스콧   운동 좀 해. 짜샤!

밥   네가 나 몸짱으로 만들어 주면 안 돼?

스콧   (어이가 없다는 듯) 야! 언제까지 계속 부탁만 하면서 설 건데? 네가 스스로 좀 해봐. 이 게으름뱅이야.

밥   누가 할 소리. 그럼 너야말로 지금까지 스스로 해낸 게 있냐?

스콧은 할 말이 없다.

스콧   없지. 근데 이젠 스스로 해보려고. 그니까 너도 운동 좀 해. 나중에 봐. (스콧은 전화를 끊는다)

밥   뭐라는 거야. 근데 진짜 운동 좀 해야 할 것 같긴 하네.

ː 5장 ː

스콧은 산책하러 나왔다. 스콧은 이미 소원으로 모든 목표를 성취했다.
아직 성취 못 한 목표가 뭐가 있을까⋯ 그때 무대 위로 '새롭게 시작하세요! 처음부터!'라고 적혀있는 전단지가 스콧의 앞에 떨어진다. 스콧은 전단지를 줍는다. 그때였다. 스콧은 기발한 생각이 들었다.

스콧   처음부터? 잠깐만. 내가 지금까지 빌었던 소원을 모두 취소하면 처음부터 다시 내 힘으로 이뤄낼 수 있는 거잖아. 지금까지 빌었던 소원 그리고 능력 전부 다 취소해줘. 그냥 이 모든 게 없던 일로 바꿔줘!

무대가 스콧의 침실로 변경된다. 오전 6:30에 알람이 울리자 스콧은 여느 때와 같이 일어나 회사를 갈 준비를 한다.

스콧   오늘은 왠지 모르게 기분이 좋네. 잘 잤어. 버피?

버피는 혀를 내민 채 스콧을 쳐다본다.

스콧   (스콧은 미소를 짓는다) 얌전히 잘 있어.

버피는 스콧의 말을 알아들은 듯 꼬리를 흔들며 짖었다. 버피를 뒤로하고 스콧은 문을 나간다.

파트타임 ¶

— 김원준

엄준식	(급박한 목소리로) 야! 박인혁!
인혁	(책상에서 천천히 고개를 들면서) 나 얼마 동안 누워있었냐?
엄준식	5분 됐어, 뭐 이렇게 당황해.
인혁	하… 벌써 계획에서 숙제 4장이나 밀렸어.
엄준식	숙제 4장 안 한다고 안 죽어.
인혁	(문제 풀면서 대답한다) 전교 꼴등을 굳건히 지키는 네가 1등을 다투는 세상을 알겠냐? (핸드폰을 꺼내서 영상을 튼다)
엄준식	(핸드폰을 잡아 책상에 세우며) 대기업 회장 아들은 엄마가 영상으로 일과를 남겨주는구나. 학교 끝나고 3시, 6시, 8시, 1시. 아니 학원이 새벽 1시까지도 해?
인혁	내가 하고 싶어서 하는 줄 아냐? 프린스턴 못 가면 호적에서 파버리겠다잖아.

종소리가 울리고 자리에서 일어나려던 인혁은 갑자기 쓰러진다. 불이 꺼진다.

배경이 의무실로 바뀐다. 곧이어 인혁의 부모님이 들어온다.

인혁 모	오늘 할 것도 산더미인데 누워있으니까 좋냐? (서류들을 내밀며) 이거 읽어봐. 다음 주에 대회 나갈 거야. 1등 못 하면 넌 한 달 동안 네 방에서 외출 금지야.
인혁	좀 적당히 하면 안 돼?
인혁 부	귀중한 학교 시간 쓰러져서 날려 먹은 주제에 말이 많아, 시키

는 대로 할 것이지.

인혁 (짜증 섞인 목소리로) 내가 뭐 기계도 아니고, 하루의 20시간을 공부하는데. 엄마 아빠도 바쁜 건 아는데 난 아직 17이라고. 위로를 바란 내가 밉다.

인혁 부 (화났지만 참는 어조로) 말하는 꼬락서니 봐라. 한마디만 더 말대구하면 그땐 진짜 화낸다.

인혁 됐어, 나도 더 이상 공부 안 할 거야, 누구는 하고 싶은 줄 아나?

인혁 부 (소리를 지르며) 강인혁! 적당히를 몰라. 치료받을 자격도 없는 새끼.

인혁의 아버지가 인혁의 링거를 다 뽑아버린다. 인혁의 아버지가 인혁을 데리고 나간다. 불이 꺼진다.

: **3장** :

인혁의 방, 인혁이 침대에 누워있다.

인혁 (한탄스러운 어조로) 아니 생각해 보니까 무슨 이런 큰 방에 침대, 책상 달랑 하나씩 있냐? 휴대전화도 없고 2000년도에 쓸 법한 전화기가 있네. (어이없는 웃음을 지으며 가방을 뒤진다) 웬 명함이지? (인혁이 명함을 줍는다) (명함에는 '삶이 힘들고 고달프신가요? 우리 회사는 대타를 구해드립니다. 돈만 있으시면 자신을 완벽하게 복제할 수 있죠!'라고 쓰여있다. 녹음된 음성이 관객들에게 전달된다) 대타? 지랄. 심심하니까 장단 좀 맞춰주지 뭐. (전화를 받는다)

전화 속 인물 무슨 일로 전화 주셨죠?

인혁	명함에 무슨 대타를 만들어 주신다고 쓰여있어서 연락드려봤어요.
전화 속 인물	(목소리 톤이 올라가며) 예, 맞습니다. 대타 만들어 드리고 있어요. 올해 벌써 10기나 만들어져 나갔고요. 저희는 소개로 연락된 분들만 연결되는 시스템입니다.
인혁	누가요? 로봇, 뭐 그런 건가요?
전화 속 인물	당신 삶이 힘들어 보인다는 익명 제보자의 연락을 받았습니다. 저흰 그런 허술한 방법 쓰지 않습니다. 한 명의 인간을 개조시켜 당신과 완벽하게 똑같은 역할을 수행하도록 하죠. 대타를 원하신다면, 본인의 삶과 성격, 특징, 외모 이런 것들을 구체적으로 설명해서 이 전화번호로 보내주시면 됩니다.
인혁	(웃음을 터트리며) 진심이시네요. 요즘은 이런 거에 넘어가는 사람도 있나요? 사기도 말이 되게 쳐야지 사람들이 믿거든요.
전화 속 인물	아, 잠시만요, 정 믿음이 안 가신다면 하나 보여드리죠. 유명 연예인 도기도 씨 아시죠?
인혁	도기도는 알죠.
전화 속 인물	그분도 사실 대타입니다. 성함만 말씀해 주신다면 내일 저녁 9시 시상식 수상소감에서 고객님의 성함을 불러드리도록 하죠.
인혁	아, 네! 강인혁입니다. (전화를 끊고 문제집을 들고 책상으로 간다)

시계 초침 소리가 빠르게 틀어진다.

| 인혁 | (기지개를 켜면서) 으… 벌써 12시네. 아, 맞다. 시상식! (컴퓨터를 본다) 어디 보자. (컴퓨터 화면을 들여다본다) 9시 시상식, 여기 있네. 도기도 대상? |

컴퓨터에서 목소리가 흘러나온다.

도기도(영상)	너무 감사합니다. 여기까지 오는 데는 저희 스태프, 디자이너 분들 그리고 이정환 감독님, 훌륭한 영화 대본 덕에 연기하는 데 막힘이 없었습니다. 그리고 강인혁 씨, 저에게 힘이 돼주어서 감사합니다. 무슨 일을 하든 잘될 겁니다. 모든 분에게 다시 감사드립니다.
인혁	저기서 내가 왜 나와? 저런 사람이 사기꾼 짓이나 하고 다닐 건 아니고. 속는 셈 치고 한 번만 믿어볼까? 내가 뭐 돈이 없는 것도 아니고. (전화를 건다)
전화 속 인물	(확신에 찬 듯한 목소리로) 이메일로 개인정보 보내주시죠.
인혁	아, 잠시만요! 그럼 비용은 어떻게 되는 건가요?
전화 속 인물	추후 대타의 성공에 비례해서 성과금만 받겠습니다. 자세한 이야긴 나중에 하죠. (전화를 끊는다)
인혁	(어안이 벙벙한 눈으로 무언가에 이끌리듯 책상에 앉는다) 뭐지 그럴싸한데, 자유를 얻을 수 있다면 시도라도 해보자. (자신의 개인정보와 인적사항을 적는다)
인혁	(버튼을 누르며) 금방 끝나네. (침대로 간다)

아침이 밝아오고, 인혁이 일어난다.

인혁	(신난 톤으로) 오늘도 정확하게 7시네. 알람 없이 이렇게 일어나는 사람은 나밖에 없을 거야. 아, 이제 둘인가? 내 대타까지…. (핸드폰을 쥔 뒤 전화를 애타게 기다린다)

뚜루루루뚜루루루, 강인혁이 핸드폰을 집어 든다.

전화 속 인물	개인정보 확인했습니다. 그 저번에 말했던 성과금에 대해 다시 한번 말씀드리겠습니다. 최상위 대학교, 문제없는 상속 그리고….
인혁	아, 거기까지면 됩니다. 나머진 제가 열심히 살게요.

전화 속 인물	그럼 최상위 대학교, 상속 시 성과금을 받겠습니다. 성과금은 난이도에 따라 책정되며 최대 5억까지 올라갑니다. 문제없으시죠?
인혁	예, 뭐… 회사 지분 조금 팔면 되겠죠.
전화 속 인물	모레까지 자연스럽게 인혁 씨와 접촉을 시도할 겁니다. (전화를 끊는다)
인혁	난 내 별장에 가서 죽어라 놀면 되겠네. 나는 자유다! 그나저나 내 삶이 힘들어 보인다고 한 익명의 제보자가 누구지? 엄준식 걘가? 아, 몰라. 이렇게 설레는 마음으로 학교 가는 건 처음이다.

불이 꺼진다.

⁝ **4장** ⁝

배경이 길거리로 바뀐다. 학교가 끝난 뒤, 인혁은 혼자 돌아오는 길, 집 근처에서 대타를 만난다.

인혁	오! 네가 대타구나? 진짜 나랑 똑같이 생겼네. 하는 짓도 똑같니?
대타	옙! 강인혁 씨가 하는 모든 행동을 복제하여 진행하겠습니다. 곧 수학학원에 가야 하는군요. 지금 출발하겠습니다.
인혁	어, 그래. 무슨 일 있으면 전화해. 2년 정도만 수고하면 너도, 나도 자유다. 나는 통영에 있는 내 별장 갈 거니까…. 무소식이 희소식이다. 이제 진짜 내 맘대로 하고 살 거야. 아, 근데 이거 들키면 어떻게 되는 거지? (손톱을 깨물며) 괜히 했나? 아냐, 괜찮겠지, 그런 유명한 연예인도 대타를 쓰는데. 괜찮을 거야.

결국 누구나 완벽한 인생을 원하지만, 완벽한 실력까지 다 갖출 수는 없는 거야. 파트타임이면 어때? 나중에 되돌려 받으면 될 거야.

인혁 자꾸 돌아보며 무대 밖으로 사라진다. 무대가 밝아지고 별장에서 강인혁이 뉴스를 보고 있다.

뉴스 앵커   한국 3대 기업 중 하나인 순양 대표 강찬석 씨가 오늘 아들 강인혁 군에게 회사를 상속하였습니다. 이사진들은 만장일치로 강인혁 군의 인계를 찬성하였고, 화려한 지식과 젊은 세대의 힘으로 앞으로 순양의 미래를 장식해 나갈 강인혁 군, 그에 따른 시민들의 목소리 또한 긍정적입니다.

인혁   오! 뭐야. 드디어 해냈구나! 나의 대타. 대타 전화번호가…. 아, 여기 있네.

전화 소리   이 번호는 없는 번호이므로….

인혁   무슨 일이지? 내 전화를 안 받을 리가 없는데, 회사에 다시 들러야겠어.

불이 꺼진다.

： 5장 ：

인혁이 회사에 도착한다.

인혁   (회사 문을 열자, 멀리 부모님이 보인다) 어, 어머니! 드디어 제가 이 회사의 총관리자가 됐군요. 제가 앞으로 열심히 해서 회사의 부흥을….

인혁 모	죄송합니다만 누구시죠?
인혁	예?
인혁 모	제 아들은 저기 있습니다. (대타를 가리키며, 그 순간 저 멀리 대타가 눈에 들어온다. 대타는 분명히 강인혁을 봤지만 모른 체한다) 여기는 정신병원이 아닙니다. 끌어내세요.

인혁이 끌려나가며 어머니를 향해 소리친다.

인혁	아니, 저잖아요. 엄마. 야! 대타, 말 좀 해봐!

모두가 멈추며 조명이 강인혁을 비춘다.

인혁	이럴 리가 없는데, 내가 본체인데 왜 아무도 날 못 알아보는 거지? 계약금도 냈잖아? 이거 법적으로…. 잠시만 근데 누군가 내가 이렇게 되길 원했던 건가? 그 익명의 제보자 개새끼는 누구냐고! (머리를 부여잡으며 주저앉는다)

인혁의 어머니가 아버지를 데리고 구석으로 간다.

인혁 모	깔끔하게 처리해 준다면서 여긴 왜 다시 오게 된 거야?
인혁 부	반항하지도 않는 완벽한 애 구했으면 된 거지. 뭐… 쟤가 다시 우리 애라고 사람들이 알게 될 일은 없을 거야. (전화를 받는다)
전화 속 인물	대타 서비스는 만족스러우셨는지요?
인혁 부	뭐… 이 정도면 성공했다고 봐야겠네요. 오늘 중으로 5억 입금 해 드리겠습니다.
전화 속 인물	주식회사 파트타임이었습니다. 다음에 또 이용해 주세요.

전화 끊는 소리와 함께 무대 조명이 꺼진다.

완벽한 삶 ¶

— 고유빈

⁞ **1장** ⁞

라이지(라이프이스이지) AI 회사, 깔끔한 상담실.

상담원   (차분한 어조로) 환자분, 축하드립니다. 임신이 확인되었습니다. 원하셨던 성별, 여성 맞으시죠?

아이1의 엄마   (기쁜 어조로) 아, 네! 맞아요!

상담원   저희 라이지에서는 아이의 미래를 위해 인생계획표를 제공해 드립니다. 이를 활용하시면 아이의 교육, 직업, 결혼 등의 계획을 미리 세우실 수 있습니다.

아이1의 엄마   (곰곰이 생각하며 혼잣말로) 와… 정말 신세계네… 말로만 듣던…. (다시 상담원의 말에 대답한다) 아, 네! 알고 있어요.

상담원   저희 회사에서 제공하는 최고급 인생 플랜을 예약하셨죠?

아이1의 엄마   네! 잘 부탁드리겠습니다. (애매모호한 어조로) 아, 근데 정말 플랜별로 차이가 크나요? 정말 아이에게 딱 알맞은 계획 제공이 가능한가요? 최고급 플랜대로 살면 인생이 얼마나 수월해질까요? (스스로 당황한 듯 머리카락을 만진다) 아, 죄송해요. 저도 이런 건 처음이라… 저희 땐 이런 게 없었거든요… 신기해요!

상담원   아, 당연히 신기술이라 물어보시는 고객님들 많아요. 아무래도 가격 차이가 있다 보니 플랜별로 등급이 나뉘어요. 고객님께서는 가장 퀄리티가 높은 VIP 플랜을 예약하셨기 때문에 아이의 뇌와 유전자 검사를 통해 아이에게 딱 알맞은 계획을 제공해 드립니다. 최고급 플랜대로 살면 직업은 물론이고 미래에 대한 걱정 없이 안정적이고 행복한 삶을 보낼 수 있습니다. 그럼, 아이의 이름은 어떻게 지으시겠습니까?

아이1의 엄마   음… 아무래도 중성적인 이름이 좋겠죠? 현명하고 지적인 느낌이 들면서 어떤 전문직이든 잘 어울리는 이름이면 돼요!

상담원	이름 후보가 나왔습니다. '현서'와 '수현' 중 어떤 이름을 선택하시겠습니까?
아이1의 엄마	음… 현서가 좋겠어요.
상담원	알겠습니다. 이제 박현서 님의 인생계획표를 작성해 드리겠습니다. 어머님께서 원하시는 대로 아이의 미래를 안정적으로 보장해 드릴 것입니다.
현서의 엄마	네! (혼잣말로) 내가 괜히 긴장되네….
상담원	박현서 어머님의 유전 정보를 통해, 발달 중인 태아의 뇌 구조에 대한 정보를 얻었습니다. 박현서 님의 뇌 구조를 추측한 결과, 이과 계열의 과목들이 적성에 맞습니다.
현서의 엄마	(걱정하며) 이과요?! 내 오래전 꿈이네? 근데 제가 수학이나 과학에 재능이 없는 걸 좀 늦게 깨달아서 힘겹게 포기했는데 과연 우리 현서한테 어울릴까요?
상담원	그럼요~ 염려 마세요. 어머님의 유전 정보를 확인하는 것은 맞지만, 재능과 실력은 아이와는 연관이 없는 부분입니다.
현서의 엄마	(턱을 만지작거리며) 아… 그렇군요. 그럼 이과 과목 중에서는 어떤 과목이 우리 현서에게 가장 잘 맞을까요?
상담원	생화학입니다. 하지만 박현서 님은 과학과 수학에서 궁극적으로 탁월한 능력을 갖췄기에 다른 과목보다 더 집중하시면 됩니다.
현서의 엄마	(기뻐하며) 정말요? 그럼 현서한테 많은 수학과 과학 수업을 시켜야겠네요!
상담원	네, 학원 스케줄은 이미 맞추어 드렸으니 이 일정에 따라 공부하시면 됩니다. 최고급 시스템에 따라 인생 30년 학습 시간과 스케줄이 10분 단위까지 모두 설정되어 있으니 그대로 따르시기만 하면 됩니다.

상담원, 종이를 프린트해서 내밀자 현서의 엄마는 종이를 받는다.

현서의 엄마	네, 알겠습니다! 아, 궁금한 게 있는데 현서는 미래에 어떤 직업을 가지게 될까요?
상담원	계획서 마지막 페이지에 적혀있다시피 박현서 님의 능력과 관심사를 고려해 보면, 의학 분야에서 활약할 수 있습니다.
현서의 엄마	정말 감사해요. 저희 현서의 미래가 분명하고 확실해졌네요. 믿고 맡기겠습니다.
상담원	네, 좋은 하루 되십시오.

현서의 엄마, 만족한 얼굴로 상담실을 나간다.

ː 2장 ː

오후 4시, 집. 인공지능이 짜준 최고급 플랜을 통해 완벽해진 17살의 현서는 오늘도 중간고사에서 1등급을 맞았다. 뿌듯한 현서는 현관문을 벌컥 열고 엄마에게 달려온다.

현서	(기쁜 어조로) 엄마, 학교 다녀왔어. 오늘도 시험 1등급 받았는데… 대견하지?
현서의 엄마	응~ 잘했어. 근데 이게 다 누구 덕분이지?
현서	아, 또 그러네. 당연히 엄마 덕분이지!
현서의 엄마	그렇지~ 우리 딸은 AI의 계획대로 잘 성장하고 있어. 엄마가 미리 준비해 둔 간식 있으니까 먹고 바로 학원 가. 비타민 A가 풍부한 당근쿠키야.
현서	(불만스러운 어조로) 아, 뭐야… 당근? 맛없겠다….
현서의 엄마	네가 시력이 안 좋잖니. 공부할 때 얼마나 방해되는데… AI가 추천해 준 거니까 얼른 먹어. 내년부터는 입시생에 맞춰 고영양 간식으로 변화하는 거로 짜였으니까. 올해까지는 이거야.

현서	쳇, 알겠어. 맛있으면 됐지… 아, 맞다. 엄마, 나 다음 주에 진로 상담하는데 전공 의예과 맞지?
현서의 엄마	당연하지. 선생님께 그렇게만 말하면 돼.

⁑ 3장 ⁑

다음 날 오후 2시, 학교 교실.

친구1	(머리를 짚으면서) 하, 씨… 어떡하지? 야, 너 전공 결정 다 했어? 다음 주가 상담인데….
친구2	나도… 우리 부모님이 학자금을 지원해 주실 수 없어서 돈을 벌면서 공부해야 하는데 어떤 과목이 나한테 가장 잘 맞을지 모르겠어.

현서는 옆자리에 앉아있는 친구1과 친구2가 하는 말을 듣는다. 현서는 이해가 안 가는 듯한 표정을 짓는다.

현서	(고개를 갸우뚱거리며) 너희 근데 이런 걸 왜 고민해? 너희는 계획표대로 하지 않아? 이미 다 정해져 있잖아.
친구1	무슨 소리야? 인생이 다 정해져 있다니. 고민하고 나한테 맞는 거로 가야지.
현서	인공지능이 알아서 너한테 맞는 걸 선택해 준 거 아니야? 그대로 하면 편하잖아.
친구 2	그니까 그걸 기계가 어떻게 아냐고, 나는 나고 내 마음은 내 거니까. 내 인생은 내가 고민하는 게 맞지. 넌 정말 의예과 가는 게 너한테 맞는다고 생각해 보고 결정한 거 아니니? 현서야?
현서	고민? 내 적성? 난 한 번도 고민해 본 적이 없는데?

친구 1	친구야, 미안한데 그건 좀 이상하다….
현서	아, 미안. 좀 궁금해서… 그러면 계획 없이 사는 거야?
친구 2	넌 아까부터 무슨 소리를 하는 거야? 계획이 왜 없어. 그냥 너처럼 모든 게 정해져 있지 않을 뿐이야.
현서	너희는 고민이라는 것을 하는구나. 고민이라….
친구 1	신기해하지 마~ 갈 길이 정해져 있는 게 좋은 거야. 우리 봐, 고생하는 거 안 보여?

무대의 조명이 꺼지고 주광색 조명 하나가 현서를 비춘다. 어둠 속에서 현서는 관객을 바라보며 말한다.

현서	인생은 편한 게 제일 아닌가요? 답이 있는데 왜 고민을 하죠? 내가 뭘 좋아하는지 난 모르겠어요~ 저는 VIP 플랜 덕분에 아무 걱정을 하지 않았지만, 막상 모든 것들이 다 계획되어 있다고 하니 제가 사는 삶이 제 것인지 모르겠어요. 이미 모든 결말을 다 아는 것이라면 저는 왜 살아야 하죠? 답을 이미 아는데…. 저는 왜 이렇게 계획된 삶에만 집착할까요? (햇빛처럼 보이는 전구색 조명이 현서를 비춘다) 과연 이것이 제가 원하는 진정한 삶일까요?

∶ 4장 ∶

오후 11시 반. 현서는 학원을 평소보다 일찍 마친 후 집에 들어가기 위해 현관 비밀번호를 누른다.

현서	(문을 열며) 엄마, 학원 다녀왔어. 이야기하고 싶은 게 있어서….

엄마	(소파에서 일어난다) 뭔데? 뭐길래 이렇게 일찍 들어왔어?
현서	나 사실 VIP 플랜대로 살고 싶지 않아. 뜬금없지만 의학도 공부하기 싫어.
엄마	(화난 어조로) 너… 지금 무슨 말을 하는 거야? VIP 플랜을 포기한다고? 엄마 땐 이런 거 없었다고 몇 번을 말해! 지금에서야 과학 기술이 발달해서 이렇게 퀄리티 높은 인공지능을 사용할 수 있는 거지… 나도 인공지능 썼으면 훨씬 더 좋은 인생을 살았을 텐데… 왜 이렇게 좋은 기회를 놓쳐? 도대체 엄마 말을 어떻게 알아들었니?
현서	제발 나랑 그만 비교해. 엄마는 엄마고, 나는 나야…그래, 나도 엄마가 짜준 플랜에 만족하면서 지금까지 살아왔어. 근데 내 인생은 3분의 1도 안 됐어. 아직 난 인생의 반도 안 살아왔다고. 내 인생은 이제부터 시작이야. 이건 내 인생이야. 나도 하고 싶은 거 하고 살고 싶어. 내가 못하든 잘하든 그냥 도전해 보고 싶어. 엄마는 내가 태어나기 전부터 미리 내 삶을 계획했잖아. 내 의사도 없이. 나한테 동의받았어? (한숨) 아니잖아… 근데 왜 자꾸 참견해? (자신감에 찬 목소리로) 그리고 엄마, VIP 플랜을 포기한다고 해서 내 삶이 무너지지 않아. 오히려 내가 직접 선택하고 결정하는 삶을 살면서 더욱더 큰 의미를 찾고 싶어.
엄마	(이해하지 못한 듯이 눈썹을 찌푸리며) 뭐라고? 무슨 말이야?
현서	난 이게 바로 진정한 삶이라고 생각해. 삶은 예상치 못한 일로 가득 차 있어. 그래서 자유롭게 살아가면서도 어떤 선택을 하는지 그리고 그 결정이 어떤 의미를 가지는지 생각해 보는 게 중요한 거야. 그렇게 하면, 인생이 더욱 뜻깊고 의미 있는 걸 만들어 낼 수 있어. 나는 이제부터 자유롭게 선택하고 결정하는 삶을 살아갈 거야.

ː **5장** ː

학교, 오후 2시. 선생님과의 진로 상담이 다가온다. 현서는 무대 중앙으로 와 교무실 문을 열고 들어온다.

현서   선생님, 안녕하세요?

선생님   어, 현서 왔어? 봉사 준비는 잘 돼가? 바쁘다고 들었는데.

현서   네, 잘하고 있어요.

선생님   현서는… 과목 전체가 1등급이기도 하고 과외 활동도 완벽하네. (현서의 머리를 쓰다듬으며) 아이구, 기특해. 의예과라고 들었는데, 맞지?

현서   (머뭇거리다 말한다) 저… 아직 못 정했어요.

선생님   정말? 현서 성적으로는 의대 넣어도 바로 붙을 텐데….

현서   저도 고민 정말 많이 했는데… (천장을 잠깐 바라보다 확신이 생긴 말투로) 전 의대에 갈 자신이 있고 학점도 잘 받을 자신이 있지만 지금까지 너무 쉽게 살아온 것 같아요. 뭔가 이대로 가기 아쉬운 느낌도 들고… 새로운 걸 도전해 보고 싶어요.

선생님, 현서의 성적표를 다시 본다.

선생님   그래, 현서는 어떤 전공을 선택하든 이미 점수가 완벽하니까 괜찮을 거야. 일단 부모님 동의도 받아야 하니까 알아두고… 어디로 가든, 뭘 하든 현서는 잘할 거야. 네가 선택한 삶이 완벽한 삶일 거야. 널 믿어봐! 수고 많았고, 내일 보자!

현서   네, 감사합니다. 내일 봬요.

현서, 교무실 문을 닫고 무대 밖으로 나간다. 밝은 조명이 서서히 꺼지며 연극은 끝난다.

욕망의 꿈 ¶

─ 권은재

박상식 (매출표를 보며) 아이고, 아이고! 이모님~ 오늘도 열심히 하셨네잉. 자 여기 뽀나스. (돈 봉투를 손에 쥐여주며) 으 으, 넣어둬, 넣어둬.

이모님 아이고, 매니저님! 감사합니다.

박상식 자 글고잉 어디 보자! (손짓을 하며) 너 너 너 이게 뭐나 12박스? (등짝을 때리며) 이노무 짜슥을 확 짤라버릴라. 일 똑바로 안하나잉?

김된모 (말끝을 흐리며) 아아 죄송흡니드….

박상식 (더 세게 때리며) 대답! 대답 똑바로 안하나잉?!!?

김된모 (상식의 손을 치우며 짜증 섞인 말투로) 아, 내일부터 열심히 할게요! (혼잣말로) 왜 사람을 때리고 난리야? 맨날 화나 있어 칫.

이모님 아이고 된모야… 사장님이 말투가 그래도, 착하신 분이야. 내일부터 화이팅 하자. 응?

김된모 (웃으며) 하하하, 그럼요. 이모님!

일과가 끝나고 집 침대에 누워서 영화를 보는 중이다.

김된모 (혼잣말로) 와, 이게 실화의 바탕을 둬서 만들었다고? 캬~ 열나 멋있네. (허공을 몇 번 찌르는 시늉을 한다) 혼자 몇 명을 닦아버리는 거야? 아휴, 쯧! 뭔 마트에서 만두나 팔고 있고. 나도 킬러나 되고 싶다.

핸드폰을 옆에 두고 잠든다. 눈을 떠보니 이상한 환경에서 뛰고 있다.

김된모 어우씨! 뭐야, 이게. (손에 든 총을 보며) 이거 진짜 총이야? 여
     긴 어디야!

남자(무전기) (러시아어로) 도보요 무신스 스브라바!

김된모 (귀에 있는 무전기를 만지며) 뭐? 뭐라고? 무신사 뭐?

적군 (김된모 배에 칼을 찌르며 러시아어로) 복칵띠요 우무루시 조
     온 위크.

김된모 (죽을 만큼의 아픈 고통에 소리를 지르며) 아아아아아아아아
     아아아아악악악악악!!!!!!!!!!!!

잠에서 깨어난다.

김된모 (식은땀을 흘리며 크게 호흡하면서 배를 부여잡고) 헥! 헥! 헥!
     내가 방금 뭔 꿈을 꾼 거야? 너무 생생하네. 어우씨! 정신 차려.
     일하러 가야지.

일 나갈 준비하며 핸드폰으로 뉴스를 보고 있다.

김된모 (반대 손으로 머리를 쥐어 잡으면서 뉴스에 나오는 장소를 보
     며) 잠시만 여기… 익숙한데? 유명한 킬러가 죽었다고? 뭐야,
     이거… 아니야, 우연이겠지. 내 알 바 아니잖아?

ː 3장 ː

일을 하러 옆에 세트장인 마트로 간다.

김된모	(억지 텐션을 유지하며) 자! 마!감!세!일! 이리 먹고 저리 먹어도 아!주! 맛있는 알찬 만!두!
박상식	야, 야, 끝났어. 느 느 이게 뭔데이. 내가 진짜 니 땜에 내 인생이 억수로 디다. 스물여덟 개? 아이고, 우리 마트 망하겠네. 망하겠어. (진지한 표정을 지으며) 너, 내 말 똑디 들어라. 마지막 경고다. 알겠나?
김된모	(공손한 자세를 취하며) 넵….
이모님	(괜찮다는 표정을 지으며) 아유~ 된모야, 괜찮아, 괜찮아. 오늘 집에 가서 푹 쉬어라.
김된모	(우울한 표정을 지으며) 네, 이모님, 감사합니다.

⁞ 4장 ⁞

집 침대에 누워서 핸드폰을 만지고 있다.

김된모	(핸드폰으로 유튜브를 보면서) 오! 은현장의 장사의 신, '물건 잘 파는 법' 그래 이거 봐봐야겠다. 유명한 아저씨가 유튜브를 하네. (혼자 중얼거리면서) 잠은… 죽어서 잔다. 하, 나도 이 아저씨 말빨이었으면 다 팔고도 남았지. 에휴, 빨간 날에도 일하러 가네.

눈을 감고 잠든다.

김된모	(일어나면서) 뭐야, 여긴 또 어디야? (옆에 있는 거울을 보며) 뭐야, 은현장? 내가 왜 이 사람이 됐지? (다시 누우면서) 아, 몰라. 꿈이겠지. 이 아저씨도 빨간 날에는 일 안 하겠지. 돈 벌기 열나 쉽네. 아휴~ 꿈속에서라도 자유를 만끽하자.

조명이 어두워진다.

김된모   아, 벌써 밤이야? 그래도 못 본 〈더 글로리〉정주행 했다. 뿌듯한 하루였네. 이 꿈속에서 나가기 싫다. 바로 일하러 가야겠지. 쩝.

눈을 감고 잠든다

김된모   (일어나면서) 어휴, 돌아왔네. 오늘도 개 같은 하루가 밝았어요 ~ 박상식한테 또 깨지겠지. 어휴, 지긋지긋하다. 지긋지긋해. 나도 부자들처럼 날먹하면서 돈 벌고 싶다.

⁑ 5장 ⁑

마트 세트장으로 이동한다.

김된모   (박상식한테 인사를 하며) 안녕하세요?
박상식   (아주 밝은 미소를 지으며) 어이, 그래그래, 우리 에이스 왔나? 와따마 어제 억수로 죽여줬다잉~ 오늘도 퐈이팅 해보자고! 으? 그래그래 아구 예뻐라.
김된모   (어이없다는 표정을 지으며) 네?
박상식   (된모를 토닥이며) 어이 그래그래. 뽀나스 억수로다가 넣어줄게이, 열심히 해보자 그래그래.
김된모   (핸드폰을 키며 매출표를 확인해 본다) (놀란 표정으로) 에?!!?!? 잠깐만. 일, 십, 백, 천… 천이백오십육 박스요? (옆에 이모님한테 물어보면서) 아니, 그 이모님…. (매출표를 보여주며) 이게 뭐예요? 제가 어제 이걸 다 팔았다고요?

이모님	(어이없다는 듯이 웃으면서) 어이쿠, 호호. 왜 그래 된모야? 기억 안 나는 것처럼. (신기해하는 표정을 지으며) 그러게 말이다. 나도 어떻게 한지 잘 모르겠다니까? (심각한 표정을 지으며) 글쎄, 네가 그런 애인 줄 몰랐다. 얘, 계속 뭐 잠은 죽어서 잔다? 이런 말을 하면서…. 어우, 얘가 잘릴 뻔하더니 다짐했구나 생각했지.
김된모	(어이없다는 표정으로) 아… 예… 제가 그랬다고요…? 흠 뭐지?? (독백) 뭔 상황이지 이게? 꿈이 아닌가? 잠은 죽어서 잔다? 이거 은현장이 하는 말이잖아. 어제 꿨던 꿈이 꿈이 아닌 건가? 내가 판 기억은 없는데? 하, 모르겠다.
박상식	(매출표를 유심히 지켜보며 김된모한테 말을 한다) 에헤이… 오늘은 날이 아닌가 부려. 에헤이… 어제만큼만 해주지 쩝. 됐고 이 자 여기 뽀!나!스! 내가 약속한 말은 지킨다잉? 으? 내일 다시 열심히 해부려.
김된모	(놀란 표정을 지으며) 예, 그럼요. 어우, 감사합니다. (혼잣말로) 내가 보너스를 다 받아보네. 이게 맞나?

ː 6장 ː

집에 간다.

김된모	(집을 이리저리 왔다 갔다 하면서 혼잣말을 한다) 이게 어떻게 된 거야? 그래, 요즘 이상한 꿈을 계속 꿨다니까. 킬러부터 은현장, 우연이라고 하기엔 말이 안 돼. 내가 생각하면서 잠든 사람이랑 영혼이 바뀌는 건가? (곰곰이 생각하며) 은현장이 내 몸에 들어와서 열심히 물건을 판 걸 보면, 바뀌는 건 확실하고. (진지한 표정에서 행복한 표정으로 바뀌면서) 웨이러 미닛. 한

경민. 우리 마트 및 각종 요식업을 소유하고 있는 부자 중에서 부자. 이 사람이 되면 열나 날먹하면서 떼돈 버는 거 아니야? (침대에 잽싸게 누우며 미소를 짓는다) 그래 오늘은 한경민이다.

행복한 미소를 지으며 잠든다. 전화벨 소리가 울린다.

김된모   (자다 깬 말투로) 아, 누가 이 이른 시간에 전화야. 짜증나게.

전화기   사장님, 10분 있다가 오전 4시 30분 미팅 시작입니다.

김된모   (전화기를 끊으며) 뭐 새벽 4시 반? 장난해? (옆에 거울을 보며 놀란다) 어! 깜작이야. (얼굴을 만지며) 뭐야? 한경민,한경민. 진짜였어. 4시 반 미팅? 이 사람 왜 이리 바빠? 뭐야 이게. 놀고 싸고 하는 거 아니었어? 아씨, 모르겠다. 일단 회사나 가보자.

ː 7장 ː

회사 세트장으로 이동한다.

비서   사장님, 지각하시면 어떡합니까? 오늘 아주 중요한 날인데요. 조금 있다가 농심 측에서 재계약 회의 진행하실 겁니다.

김된모   (말을 더듬으며) 머… 뭐? 농심? 재계약? 지금?

비서   (진지한 말투로) 사장님, 어떻게 이거를 까먹으십니까? 여기에 회사 운명이 달려있습니다.

회의실에 농심 사람이 들어온다.

농심 사람   (서류를 만지며) 자! 그럼 이번 재계약 회의 시작하겠습니다.

작년에 순이익만 1,256억이었고… 저희 측에서 보내준 자료 어떻게 생각하십니까?

김된모   (아무것도 모른다는 표정으로) 네? 그… 좋다고 생각합니다.

농심 사람   (당황하며) 네? 읽어보셨습니까? 음… 그럼 단도직입적으로 묻겠습니다. 이번 재계약, 저희 어디쯤에서 만나실까요?

김된모   (아무것도 모른다는 표정으로) 네? 얼마 말씀하시는 건가요? (말을 떨며) 시… 십억?

농심 사람   (어이없는 표정으로) 십억이요? (살짝 화내면서) 아니 아까부터 왜 그러시지? 그냥 오늘일 없던 거로 하죠. (자리를 일어나고 떠난다)

비서   (나라를 잃은 표정으로) 사… 사장님? 사장님? 지금 이게… 뭘 하신 거죠? 우리 회사… 이거 망했는데요?

김된모   (모르겠다는 표정을 지으며) 아, 몰라. 난 모르겠다. (빠르게 자리를 나가며 도망치듯이 회사를 나온다)

⁘ 8장 ⁘

집으로 돌아간다.

김된모   (한숨을 계속 쉬며) 뭐야, 이게? 내가 뭘 한 거야. 난 놀고 먹고 싸고 하려고 부자로 변한 거지, 이런 거 하러 온 게 아니야. 아이씨, 몰라. 다시 돌아가야겠다. 내 몸으로… 다 괜찮겠지….

잠든다.

김된모   (일어나자마자 핸드폰으로 뉴스를 확인한다) (놀라 자빠지며) 한경민 회장 자택에서 자살?!?!?!!?!?!?!? 시발 뭐야? 이게. 농심 측 재계약 실패로 인한 주식 떡락. (온몸을 벌벌 떨며) 뭐야, 내가 뭔 짓거리를 한 거야.

⁝ 9장 ⁝

서두르며 마트로 나간다. 이모님들과 박상식이 모여서 얘기를 하고 있다.

김된모　　(빠르게 모임에 다가간다) 이게 어떻게 된 일이에요? 네?!?!

이모님　　(눈물을 흘리며) 그러게 흑흑… 된모야, 우리 다 해고됐어….

김된모　　(무릎을 꿇고 주저앉으며) 다 저 때문이에요. 내가 욕심만 안 부렸어도. 내가 무슨 짓을 한 거지? 그래, 아무나 다 부자가 되는 것은 아니었어.

학교 온실 ¶

— 조영은

ː **1장** ː

3시, 학교 정원. 무대 왼쪽에 온실 내부가, 오른쪽에는 푸릇푸릇한 정원이 보인다.
두 고등학생 여자가 학교 운동복을 입고 무대 오른쪽에 서 있다.

서은	잠만. 우리 여기 왜 왔더라?
희원	(장난스럽게 웃으며) 아, 진짜 금붕어 아니냐고. 과학 수업 때 실험에서 필요한 흙 찾아야 하잖아.
서은	(웃으면서) 아, 맞다.
희원	쌤 말로는 겁나 큰 봉지에 있대. 내가 온실 안을 한번 볼게.
서은	오케이, 난 밖에서 계속 찾아보고 있을게.

온실 안, 희원이가 여기저기 뒤져본다.

희원	(온실 끝에 있는 딸기 식물 앞에 서서히 다가가며) 아주 맛있어 보이는데 먹어도 되나? (배가 꼬르륵거리고 희원이가 배 위에 손을 올리며) 아, 배고파. (딸기를 줄기에서 떼며) 아, 몰라. 하나만 먹으면 누가 알아. (딸기를 입안에 넣어 먹는다. 씹으면서 혼란스럽다는 표정으로 찡그리며 꿀꺽 삼키고 쓰러진다)

불길한 음악과 바람이 살살 부는 소리가 들리고 조명이 꺼진다.

ː **2장** ː

온실이 어두컴컴하고 딸기 식물 옆에 희원이는 아직도 쓰러져 있다. 희원이가 머리가 아픈 듯 머리를 부여잡고 인상을 찌푸리며 겨우 몸을 일으킨다.

희원	(혼란스럽게) 뭐야, 왜 밖이 어두워? (사방을 둘러보고 서서히 일어난다) (갑자기 깨달은 듯이) 어? 서은이는? (온실 문 쪽으로 뛰어가고 문을 열어 밖으로 나간다) (추운 듯 팔을 꼬며) 앗, 추워! 아니 5월에 웬 겨울 날씨야? 야, 이서은! (목소리를 올리며) 이서은! 어딨어? 아니, 진짜 어디 있는 거야? (땅바닥에 주저앉고 목소리가 살짝 떨면서) 서은아, 제발… 어디 있냐? 무서워…. (서은이가 울기 시작한다)

무대 우측에서 타이가 느슨하게 빠져있는 정장을 입은 20대 남자가 등장하고 담배를 피우기 시작한다.

희원	누… 누구 계세요?
우주	(놀라며) 아, 시발 깜짝…. 아, 뭐야? 누구세요?
희원	아, 저 박희원이요. 고1 3반. 선생님이세요?
우주	선생? 아니 나 백신 개발 부서 차장인데. 당신 어린데 통행금지령 이후에 혼자 밖에서 뭐 하고 있어? 위험하잖아.
희원	(혼란스럽게) 네? 아니 지금 무슨 말씀 하시는 거에요? 혹시 지금 몇 시인지 아세요?
우주	(손목시계를 보고) 9시. 통행금지령 1시간 전이었잖아.
희원	(인상을 찌푸리고 일어나면서) (동백) 아니 진짜 뭐라는 거야? 미친 사람인가?
우주	겨울인데 왜 반팔 반바지만 입고 있어? 열나 추운데.
희원	(혼란스럽게) 겨울? 지금 여름이잖아요.
우주	여름? 12월인데?
희원	(황당하게) 지금이 12월이라고요?
우주	그래, 12월 8일, 2098년.
희원	(충격받은 듯이) 2098년…?
우주	어, 그래. 그게 그렇게 충격이야? (침묵)
희원	저 너무 무서워요. (눈물을 흘리기 시작한다)

우주	갑자기 왜 이래?
회원	절 못 믿을 거예요.
우주	괜찮아. 믿어줄게.
회원	(주머니에 있는 영수증을 꺼내고 우주에게 건네주며) 거짓말 아니고… 시간 여행한 것 같아요.
우주	(영수증을 살펴보며) 2023년…? (충격받은 표정으로 희원을 본다)
회원	(무서운 듯) 저 어떡해요?
우주	(혼란스러운 듯) 나 지금 질문 열나 많은데 일단 들어와. 아직 일 다 안 끝나서 나 일하는 동안에 넌 쉬고 있어.
회원	감사합니다.

<h2 style="text-align:center">ː 3장 ː</h2>

10분 후, 우주 사무실은 학교 과학 교실이며 무대 오른쪽에 긴 카운터가 있어 컴퓨터와 다양한 과학 용품들이 있다. 무대 중간은 비어있고 왼쪽에는 책상과 의자가 하나씩 있다.
희원이가 책상 의자에 앉아있고 우주는 카운터에 있는 컴퓨터에 타이핑하고 있다.

우주	(타이핑을 멈추고) 아 시발.
회원	괜찮으세요?
우주	(머리를 긁적이며) 아니, 내가 백신을 만들어야 하는데 시발 그게 안 돼서. 아니 이 직업 때문에 죽어버리고 싶다. 5년 동안 만들어진 게 없고 박 회장 새끼는 3000년까지는 백신이 나와야 한다고 협박하고. 솔직히 치료가 없는 게 사실이야. 치료가 없는데 그냥 세상이 있기를 바라서 이런 쓸모없는 일을 계속하는 거지.

회원	많이 힘드시겠어요….
우주	어쩔 수 없지 뭐. (카운터 밑에 서랍을 열며) 참, 너 내크로잰 검사 안 받았지? (서랍 안에 조그만 플라스크를 꺼내서 희원이한테 주며) 플라스크 안에 이 줄까지. (플라스크 옆면에 그려져 있는 줄을 가리키며) 침 뱉어서 채워.
회원	이건 왜 해야 해요?
우주	내크로잰은 세계에서 아니 역사상 가장 위험한 감염병이야. 감염되면 24시간 안으로 죽어.
회원	(충격받은 듯이) 어떻게…? 아니 이게 언제 생긴 거예요?
우주	내크로잰이 처음 생기고 인구 1/5이 하루 만에 사망했어. 과학자들은 내크로잰 전에 이렇게 치명적인 감염병이 생길 수 없었다고 생각했지만 인간들이 또다시 틀렸지. 바이러스가 사람의 신경계를 공격해서 뇌세포가 같은 몸의 뇌를 공격하게 만드는 치명적인 자가면역 질환이야.
회원	그러면 감염되고 산 사람은 없어요?
우주	알기로는 없어.

희원이가 플라스크 안에 침을 뱉고 우주에게 줘 우주는 카운터에 있는 화학약품을 섞는다.

우주	(인상을 찌푸리며) 시발?
회원	(의자에서 일어나며) 설마 양성이에요?
우주	아니, 무효로 나왔어. 이상하다. 이렇게 나온 적이 없는데….
회원	뭔 뜻이에요. 그게?
우주	모르겠어, 실험을 좀 더 해봐야 해.

다음 날 아침, 우주 사무실. 책상에 희원이가 엎드려서 잠들어 있고 옆에 우주는 카운터에 희원이의 타액 플라스크를 들고 안절부절 서성거린다. 희원이가 잠에서 깬다.

희원	(눈을 깜빡깜빡하며) 괜찮으세요?
우주	(희원이가 깬 줄 몰라 살짝 놀래고 희원이에 시선을 돌려 고개를 절레절레 흔들며) 뭘 해야 할지 모르겠어….
희원	(인상을 찌푸리며) 무슨 일이에요?
우주	(고개를 숙이고 한숨을 쉬며) 내가 너 타액을 내크로잰 세포랑 같이 섞어봤는데 너 타액 세포가 바이러스 세포들을 공격해서 죽이고 있어.
희원	그게 뭔 뜻인데요?
우주	네 몸이 내크로잰을 막을 수 있는 면역을 갖고 있어. 네가 치료제야.
희원	(눈을 크게 뜨며) 좋은 거네요! (침묵) 좋은 거잖아요, 네?
우주	좋은 거 맞아… 근데 너한테 위험해.
희원	무슨 말씀이세요?
우주	내가 저번에 내 직업이 싫다고 했잖아. (눈물이 고이며) 왜 그런지 알아? 백신을 만들기 위해 사람의 뇌세포가 필요해. 근데 그 뇌세포를 얻으려면 두개골을 부숴서 직접 추출하는 수술을 해야 해. (땅을 보고 고개를 절레절레하며) 내가 이 일을 5년 동안 해왔는데 뇌세포 꺼내는 수술 생존율 0%이야. 내가 사람을 죽이고 있어.
희원	다른 방법이 있지 않을까요?
우주	(고개를 절레절레하며) 박 회장이 내가 작업하는 일의 기록을 다 갖고 있어서 회장이 이거에 대해 알게 될 때까지 얼마 안 남

희원	선택권이 뭔데요?
우주	(땅을 보며) 뇌세포 추출 수술을 하고 백신을 만들든가…. (희원을 바라보며) 아니면 너 시간으로 다시 돌아가서 평범한, 행복한 삶을 사는가. 시간이 많이 없어. 박 회장이 들어오면 넌 이제 선택권이 사라지는 거야. 박 회장은 백신을 찾기 위해 무엇이든 할 거야.
희원	수술이요.
우주	아니, 생각을 조금이라도 해야지.
희원	지금 인류를 살릴 수 있는데 생각할 게 뭐가 있어요? 어차피 어떻게 돌아가는지도 몰라요.
우주	시도는 해볼 수 있잖아. 수술하면 네가 죽고 그게 끝이야. 넌 아직 어리고 좋은 세상에서 살 수 있는 인생이 앞에 남아있는데 그거를 버리면 어떡해. 솔직히 지금 남아있는 인류 살리는 게 그렇게 중요한가? 우리는 생존만을 바라며 사는데 그것도 못 하잖아.
희원	5년째 백신을 찾으려고 한 사람이 말할 건 아니지 않나요?
우주	그래서 내 말을 들으라고. 내가 5년 동안 백신만 바라보면서 산 것에도 불구하고 너한테 가라고 하는 게, 백신을 버리는 게 옳다고 얘기하는 거야. 난생처음으로 옳은 일을 할 거야.

앞에 앉아. 빨리 선택해야 해.

희원이가 고개를 숙이며 곰곰이 생각한다. 그 순간 정장 입고 있는 40대 여자가 무대 왼쪽에서 나온다.

우주	(놀라며) 회장님! 아, 오셨어요?
박 회장	(우주를 바라보며) 왜 마취 시작 안 했어?
우주	(더듬거리며) 아, 회장님 그게요. 제가 타액 검사를 더 자세히 보니까 위험한 박테리아가 생기기 시작하는 게 보여서 실험을 좀 더 해봐야 할 것 같아요.

박 회장	아니, 애 세포가 내크로잰 세포를 죽이고 있잖아. 치료제랑 이렇게 가까이 온 적이 처음인데 실험을 더 해보겠다고?
우주	하루만 주세요. 회장님, 실험을 더 해보고 정말 치료제를 만들 수 있는지 확정할게요.
회장	그런 시간 없는 거 너도 알잖아. 매일 몇만 명이 죽고 있는데.
우주	(한숨을 쉬고) 5시간만 주세요.
회장	(문 쪽으로 걸어가며) 2시간 준다. (문을 열고 나간다)
우주	(희원이한테 시선을 돌리며) 준비됐어?
희원	(땅바닥을 보며) 뭘 해야 할지 모르겠어요.
우주	이 가망 없는 인류를 위해 죽지 마. 너 인생을 살아.

희원이가 아직 땅바닥을 보고 있지만 고개를 끄덕인다.

ː 5장 ː

10분 후, 온실. 희원이와 우주가 딸기 식물 앞에 서 있고 희원이 손안에는 딸기가 하나 있다.

희원	(걱정스럽게) 이거 안 되면 어떡해요?
우주	그건 그때 가서 생각해.
희원	(고개를 끄덕이며) 감사합니다.

우주가 고개를 끄덕이고 희원이는 딸기를 입안에 넣고 먹기 시작한다. 조명이 꺼진다.

ː 6장 ː

온실 안. 희원이가 딸기 식물 옆에 쓰러져 있다. 희원이가 눈을 뜨고 몸을 일으킨다. 사방을 둘러보고 일어나 온실 문밖으로 뛰어나간다. 다시 사방으로 둘러보고 무대 왼쪽에서 서은이가 나온다.

희원　　　　(눈물이 고이며) 서은이? 이서은? (서은이한테 달려간다)
서은　　　　어, 왜? 흙 찾았어?

희원이가 서은이를 껴안고 울기 시작한다.

희원　　　　(서은이를 안고 흐느끼며) 아니, 못 찾았어. 근데 나랑 와줘서
　　　　　　　고마워.

조명이 꺼진다.

외지인 ¶

— 정예환

작은 산속 오두막에 알람이 울리며 성준이 일어난다. 오두막 앞엔 작은 벚나무 한 그루가 서 있고, 그 옆엔 몇만 평의 땅이 펼쳐져 있다.

성준   (차분한 목소리로) 오준아! 일어나. 학교 가야지.

오준   (눈을 감은 채 얇은 요 위에 구르며) 으음… 일어났어? 내 가방에 도시락 좀 넣어놓아 줘.

성준   (부드러운 톤으로) 이미 넣어놨으니까 옷 입고 나와.

오준은 장롱에서 꺼낸 흰 셔츠와 검은 조끼를 걸쳐 입고 흰 나시와 갈색 멜빵을 입고 있는 성준이 타 있는 자전거의 뒷자리에 앉았다.

오준   (밭을 바라보며 한심한 목소리로) 오늘 수학 시험 있는 거 알고 있지? 이번 시험 잘 보고 싶으면 내가 저번에 알려준 원지름 찾는 공식 기억해야 해. 읊어봐!

성준   (건성으로) 어… 그래. 반지름 제곱 곱하기….

오준   (타이르는 목소리로) 반지름도 아니고 제곱도 아니야. 지름을 바로 곱해야지.

성준   (머쓱한 표정을 지으며) 난 그냥 장작 패는 연습이나 해야겠다. 공식 없어도 되는….

학교에 도착한 성준과 오준은 정문을 통해 학교에 들어간다. 3층 학교 건물 주변에는 밭과 경계가 불분명한 운동장이 있다.

성준   (3반 교실 문을 활짝 열며 우렁찬 목소리로) 안녕하세요? 시간 딱 맞춰왔죠?

오준   (기운 없는 목소리로) 저도 왔어요.

선생님   그래 성준이, 오준이 왔구나. 곧 수업 시작하니 어서 자리에 앉아라.

성준이 먼저 창가 쪽 자리에 앉고, 오준은 바로 옆자리에 앉는다.

선생님   그래서 일단 오늘 1교시 수학 시험 보고, 2교시부터 실기 수업 진행합니다. 지금 나눠주는 종이 뒤로 넘기시고 먼저 열어보지 않습니다.

선생님은 차례대로 종이는 넘겨주고 학생들은 그에 맞춰 종이를 뒤로 넘긴다.

선생님   (스피커에서 수업 시작 종소리가 시작되자 언성을 높이며) 이제 시작합니다!

수업을 마치는 종이 울리고 맨 뒷줄 학생이 일어나 시험지를 걷어가며 급속히 교실이 소란스러워진다. 4교시가 끝난 후, 성준과 오준은 시험 답지를 보며 점수를 매기기 시작한다.

성준   (능청맞은 목소리로) 이번에도 60점대네. 다음엔 70점대로 올린다! 두고 봐라!

오준   뭐? 야! 공식을 그새 까먹은 거야? 학교 오면서도 확인했는데?

성준   어차피 농사할 건데 이딴 게 왜 필요하냐? (오준을 보며 언성을 높인다) 야! 너도 수학 같은 거에 목매지 말고 이 형님이나 도와라!

예상과 달리 오준이 침묵하자 성준이 힐끔 눈치를 보며 머쓱한 표정을 짓는다. 성준과 오준이 자전거를 타고 집에 돌아온다. 오준이 땀을 닦으며 화장실로 들어간 사이에, 성준은 자전거를 벽에 기대 세워두고 땀에 찌든 나시를 수건 대신 목에 걸친 채 밭으로 나가 풋고추를 따 큰 플라스틱 바가지에 담기 시작한다.

어머니	(밭에서 풋고추를 따다가) 성준아! 오준이는 또 먼저 들어갔니?
성준	네, 엄니, 쟤는 밭일이나 할 것이지 웬 공부를….
어머니	그러니까 말이다. 고양이 손이라도 빌리고 싶구만. 쌍둥이가 어째 저렇게 다른지. (잠시 멈칫하다가 무언가를 알아차린 듯) 어머나, 내 정신 좀 봐. 내일이 너희 생일이지? 아침에 미역국 차려놓을 테니 꼭 먹고 가라.
성준	네, 엄니, 미역국에 쇠고기 많이 넣어주세요!

다음 날 아침, 성준과 오준이 책가방을 싸고 옷을 챙겨입고 도시락부터 챙겨 가방 안에 넣은 뒤, 마룻바닥에 앉아 거의 동시에 미역국에 밥을 만다. 서로 힐끔 본다.

오준	성준아, 넌 안 외롭냐?
성준	(아무것도 모르겠다는 듯이) 그게 무슨 말이야. 네가 엄마가 없냐, 아빠가 없냐? 이렇게 멋진 형이 없냐?
오준	그러면 뭐하냐? 생일에도… 밥 한번… (말을 참느라 한숨을 들이마시고는) 아니다. 학교나 가자.

성준은 영문을 모르겠다는 듯이 오준을 쳐다보고는 학교 갈 준비를 한다. 학교에 도착한 성준과 오준, 실기 시험 시험장이라고 쓰여 있는 교실로 들어간다.

성준	(시험장을 울리는 큰 목소리로) 안녕하세요?
오준	(오준을 따라 들어가며 힘없는 목소리로) 안녕하세요.
선생님	다 온 거 같으니 장작 패기를 시작할게요. 번호순으로 안오준부터 나오세요.
오준	(착잡한 목소리로) 네….

오준은 벤치에서 나무 한 토막을 들고 시험장 가운데 있는 큰 통나무 뿌리 위에 올려놓는다. 통나무 옆에 있는 도끼를 집어 든다. 도끼를 높게 들어 올린 후, 있는 힘

껏 내려치지만 빗맞고 나무가 옆으로 넘어지면서 오준이 고꾸라질 뻔한다. 학생들이 킥킥 웃는다.

학생 1   (웃음기 있는 목소리로) 와! 저것 좀 봐. 흠집도 안 났어.

학생 2   (학생 1 귀에 손을 대고) 오준이는 농고 졸업해도 농사는 짓지 않고 연구하는 교수님이 될 건가 봐.

학생 1   야, 농사에 관심도 없는데 무슨 교수가 되냐? 저럴 거면 그냥 일반 고등학교를 가지.

쑥덕거리는 소리를 들으면서도 오준은 항상 일어나는 일이라는 듯 표정 변화 없이 자리에 가서 앉는다. 선생님은 형식적으로 줄자를 대보고는 종이에 뭔가 기록한다. 선생님은 다음 학생들을 불러냈고, 반에서 키가 가장 큰 성준이는 마지막으로 불려 나갔다. 성준의 이름이 불리자 학생들이 기대하는 눈빛으로 성준을 바라본다.

성준   (기합을 주며) 합!

성준의 통나무가 정확히 반으로 쪼개지자, 학생들 사이에 낮은 감탄의 소리가 새어 나온다. 수업이 끝나는 종이 울리자 모두 운동장으로 몰려나간다. 혼자 교실에 남은 오준이 창밖에서 축구하는 아이들을 힐끔 쳐다보고는 책상에 엎드린다.

오준   (우울한 표정으로) 여긴 내가 있을 곳이 아니야. 아닌데… 아니긴 한데….

평소보다 늦은 해가 질 무렵, 오준과 성준이 함께 집에 돌아온다.

성준   (밭을 향해 우렁차게) 엄니, 아들 왔어요!

오준   (진지한 표정으로) 야, 시끄러. 그리고 너, 아빠 좀 모셔 와. 나 할 얘기 있어. 엄마한텐 내가 갈게.

성준   (당황한 듯) 뭐? 지금? 무슨 말인데….

| 오준 | (단호하게 성준의 말을 끊으며) 어! 지금! |
| 성준 | (못마땅하게 오준을 쳐다보며, 땅에 침을 뱉고는 뒷마당 쪽으로 걸음을 옮기며) 에이 씨, 지금 일하고 계시는데… 아버지! 아버지! 오준이가 불러요. 잠깐만 와보세요! |

성준과 오준, 부모님이 밥상에 둘러앉았다.

| 아빠 | (걱정스러운 목소리로) 오준아, 학교에서 뭔 일 있었냐? 무슨 일인데? |

오준은 고개를 숙인 채 말을 못 꺼내고 있다.

| 성준 | (궁금해 죽겠다는 표정으로) 그래서 하고 싶은 말이 뭔데? |

오준이 한참 망설이다가 머뭇거리며 입을 연다.

오준	(결심했다는 듯 다급한 목소리로) 어머니, 아버지, 저 서울 보내주세요. 더는 이 답답한 시골에 못 있겠어요.
엄마	(갑작스러운 상황에 당황스러워하는 표정으로) 오준아… 너… 갑자기 무슨 소리니? 성준아, 오준이 왜 이러는 거냐. 너희끼리는 알 거 아니니… 누가 형 괴롭히니? 아니지? 네가 있는데… 그럴 리가 없지…. (오준에게 바싹 다가앉으면서) 오준아, 엄마랑 얘기 좀 하자.
아빠	(가라앉은 목소리로) 오준아, 언제부터 그 생각을 했냐? 아니, 언제 결심했냐…? 아니다. 서울 가서 뭘 어떻게 할지 계획은 있냐?
오준	(조금 차분해진 목소리로) 일단 일 년 꿇고 서울에 일반 고등학교 다니면서 공부하고 싶어요. 제가 전학 갈 수 있는 학교는 알아봐 놨어요. 돈도 걱정하실 필요 없어요. 제가 편의점 알바 뛰

면 고시원 비용 낼 수 있어요. 딱 1년만 수능 준비하면 저 진짜 대학 붙을 수 있어요. (절박한 표정으로 무릎을 꿇으며) 엄마, 아빠, 아시잖아요? 저 공부 잘해왔잖아요.

엄마   (걱정하는 목소리로) 타지 생활이 얼마나 힘든데… 여기서는 안 되겠니?

오준   (단호하게) 보내주세요. 엄마, 저는 농업학교에서 쓸데없는 공부하는 게 더 힘들어요.

성준   (오준을 힐끗 쳐다보더니 방으로 들어가 버린다)

엄마   마음 바꿀 생각은 없는 거니? 오준아, 도시는 너무 크고… 너무 바쁘고… 친척 하나 없는 서울에 어린 너를 어떻게 혼자 보낸다니…? (눈이 붉어진다)

오준   절대 안 바꿔요. 못 바꿔요. (울음을 터뜨리며) 저는 무조건 갈 거예요.

7년 뒤, 오준이 승용차에서 내린다. 큰 벚나무 옆에 펼쳐진 몇만 평의 밭을 배경으로 건장한 청년이 된 성준이 오준의 차를 보고 반갑게 달려 나온다. 둘이 손을 잡더니 곧 끌어안고 떨어지지 않는다. 무대가 집으로 바뀐다. 거실 식탁에는 네 식구가 앉아 저녁을 먹고 있다.

성준   너 온대서 내가 밥도 하고, 미역국도 끓이고, 불고기도 했어. 쫌 타긴 했는데… 오늘 너 생일이잖아.

오준   뭐 나만 생일이냐? 딱 7년 만이네. 그날도… 생일이었는데….

엄마   그래… 우리 오준이는 독하게 공부해서 명문대학교 장학금으로 다니고, 이제 박사님 되고 있다고? 장하다, 장하다. 내 아들! 농사꾼 안 하기를 잘했다.

오준   엄마, 이제 환경생명화학과 박사 논문 제출만 남았어요. 무슨 말이냐면, 제 방법대로 농사짓고 있는 거예요. 제가 연구한 것이 농사에 크게 도움이 되니까 저도 농사꾼 하고 있는 거예요.

아빠   그래, 잘했다. 너는 공부로 농사짓고, 성준이는 우리 동네에서 제일 잘 나가는 진짜 농부고. 나는 세상에서 부러운 것이 없다.

성준 (책상 밑에서 케이크를 꺼내며) 짠~ 촌놈이 케이크 사 왔어요!
우리 처음으로 생일파티 합시다!

풍선인간 ¶

— 오승민

ː 1장 ː

죽음. 불이 꺼진 무대 위에서 심장박동 소리가 극장에 울린다. 어둠 속에서 한 조명이 켜지고 병실 침대에 누워있는 한 중년의 남자를 비춘다. 남자의 몸에는 많은 주사기가 꽂혀있다. 남자는 산소호흡기를 통해서 힘겹게 숨을 쉰다.

케노   후… 하… 하….

남자의 심장 위에는 터지지 않은 마지막 빨간 풍선이 달려있다. 자신의 품 안의 빨간 풍선을 허망하게 쳐다본다. 남자는 자신의 품 안에 있는 빨간 풍선을 서서히 그러나 힘껏 껴안는다. 풍선은 펑하며 큰소리로 터지고 극장에 울리던 심장 소리는 풍선과 함께 사라진다. 조용한 무대 위에 음악(〈하울의 움직이는 성 OST, 인생은 회전목마〉)이 들려온다.

ː 2장 ː

탄생. 무대의 불이 켜지고 무대의 위에는 많은 인큐베이터들이 놓여있다. 인큐베이터 안에는 각양각색의 풍선이 놓여있다. 그 중 곧 터질 듯 부푼 빨간색 풍선, 조금은 왜소한 파란색 풍선이 담긴 인큐베이터 앞에 부모로 보이는 사람들이 각각 서 있다.

케노 엄마   (빨간 풍선을 들었다 놓았다를 반복하며, 기쁨에 찬 목소리로) 여보, 우리 아이를 봐요. 우람하지 않아요? 너무 대단하지 않아요? 이건 기적이에요. 신이 세상에 축복을 내렸어요. 우리 아이는 분명 세상의 그 누구보다 훌륭한 아이가 될 거에요.

케노 아빠   그럼, 그럼. 당연히 세상의 가장 큰 부자, 아니 역사에 남을 위

인이 될 거야. 꼭 그렇게 될 것이야. (남자는 고개가 젖혀질 정
도로 크게 웃는다)

케노의 부모는 정지한다. 그리고 플레오의 부모가 움직인다.

플레오 엄마 (파란 풍선을 연신 쓰다듬는다. 금방이라도 터질 것 같은 눈망
울로 아이를 쳐다보며 나직이 읊조린다) 우리한테 와서 너무
고마워, 진짜 고마워… 건강히 자라주렴. 항상은 아니더라도
많이 행복하렴. 항상 많이 사랑하고, 또 사랑받은 사람이 되렴.
엄마, 아빠가 항상 너를 지켜봐 줄게.

플레오 아빠 (플레오의 어깨를 한 손으로 감싸며) 아이의 눈을 봐. (작게 미
소 지으며) 마치 우리말을 알아듣는 것 같아. 너무 밝게 웃는
다. 그렇지 않아? 잘 자랄 거야. 조금씩 자신의 길을 걸으면
서… 한 발씩, 한 발씩.

플레오의 부모도 멈추고, 무대는 점점 어두워지며 조용한 무대 위에 음악(〈하울의
움직이는 성 OST, 인생은 회전목마〉)이 들려오며 커튼이 내려온다.

ː 3장 ː

청소년. 커튼이 올라간다. 무대 위는 중학교 교실이 있다. 아이들의 몸에는 다양한
크기의 풍선이 달려있다. 어떤 아이는 하나, 어떤 아이는 여러 개 색깔은 하나다.
학생들은 걸터앉은 책상 위에서 어깨가 들썩이게 웃다가 한 쪽으로(쉬는 시간에도
교과서를 읽고 있는 케노쪽으로) 시선이 쏠린다.

친구2 저 새끼는 오늘 기분 오지겠네… 진심 부럽다.
친구3 그러지 마라. 종이 다르다. 종이….

교실로 들어오는 선생님을 발견하고 아이들은 다급하게 앉는다. 선생님은 새로운 성적표를 칠판에 붙인다. 조용히 앉아있던 케노는 읽던 책을 덮고 칠판으로 걸어간다. 그의 몸에는 여러 개의 빨간 풍선이 달려있다. 칠판을 조용히 응시하던 케노는 아이들이 돌아간 후에도 경직된 듯 우두커니 서 있다.

친구1   헐, 웬일이냐? 케노 일등 뺏긴 거?

친구2   그러게. 저쌕… 서울대 빼박 스펙인데. 봐봐. 저 새끼, 개 빡쳤나 봐? 안 움직여….

친구3   그럼, 지도 사람인데 어떻게 탑만 지키냐? 그래도 시발 전교 2등이야, 2등… 우리들 점수 합친 것보다 높다고…. 남 걱정하지 말고, 니 걱정이나 해. 병신아!

돌아서던 케노의 눈에 햇빛을 쏘며, 교실 창문 밖을 쳐다보는 플레오가 들어온다. 갑자기 눈을 마주친 플레오는 케노를 바라보며 미소를 보내고, 케노는 마치 보지 못한 듯 자신의 자리에 돌아와 앉는다.

케노   (책상 위 놓인 연습장 한 페이지를 오른손으로 조용히 구기며 조용히 읊조린다) 아, 괜찮아. 괜찮아. 괜찮아. 엄마도 이해할 거야, 처음이니까… 그럴 거야, 분명 그럴 거야. (계속 읊조리며 왼손으로 연습장 한 페이지를 마저 구기며 울먹인다)

빨간 풍선 하나가 터진다. 플레오는 고개를 숙이고 작게 들썩이는 케노의 어깨를 바라본다. 그에게 다가가려고 일어났다가 잠시 다른 생각을 하더니 다시 앉는다.

⠸ 4장 ⠸

직장. 장소는 맥주펍. 한 테이블에는 (온몸에 많은 풍선이 달려있는) 케노가 동료

들과 함께 앉아있다. 화장실로 가는 케노는 너무 많은 풍선에 떠다니는 듯 사뿐사뿐 걸어간다. 수많은 빨간 풍선에 뜨지 못한 파란 풍선이 그의 시선을 사로잡는다. 플레오는 호기심에 이끌려 파란 풍선에 다가간다. 케노는 파란 풍선의 주인인 플레오를 마주한다. 모든 소음이 잠잠해지고, 무대의 모든 사람이 멈춘다.

플레오   오랜만이다. 진짜 반갑다.

케노   이게 얼마 만이야? 우리 고등학교 이후로는 첨인가?

플레오   아마 그럴 거야. 넌 고등학교 마치고 바로 미국으로 유학을 갔으니까….

케노   그러게. 너 혼자 왔어? 요즘 뭐 하고 지내? 여자친구는 있고?

플레오   너 여전하구나. 음, 나 여기서 아르바이트해. 낮에는 웹툰 봐.

케노   내가 좀 효율캐잖아. 크크. 여하튼 그럼 여자친구는?

플레오   여튼 뭘 놓치는 법이 없어요…. (뒷주머니에서 핸드폰을 꺼내더니, 사진을 보여주며) 그리고 이건 나의 보물들. 아 맞다. 좀 잘 봐. 아는 얼굴 없냐?

케노   이거 클레어 아냐? 우리 학교 전교 1등… 너 혹시, 클레어랑 결혼했어?

플레오   하하. 그렇게 되었어….

케노   조기 졸업하고 글로벌 로펌에 들어갔다고 들었는데….

플레오   음, 그게 내가 대학 졸업 후에 카페에서 아르바이트를 했는데, 그때 만났어. 잘 몰랐는데 클레어도 웹툰 좋아했나 봐. 가끔 찾아오고 웹툰 이야기하고. 뭐 그러다가 로펌 일상을 웹툰으로 그리고 싶다나….

케노   그랬구나… 아, 그래. (조금 망설이다가) 우리 다음에 기회 되면 다 같이 보자.

멈춰있던 사람들이 모두 움직이고, 케노는 주렁주렁 달린 풍선들이 무거운 추처럼 몸에 달고 있다. 힘겹게 한 걸음, 한 걸음 화장실로 향한다.

∶ 5장 ∶

중장년. 무대는 암전되고 한 집안을 보여준다. 불규칙하고 불안한 피아노 소리들이 들린다. 무대 좌측에서 황금색 풍선을 단 여자가 들어와, 마임으로 불만을 토로하는 것처럼 하다가 케노의 풍선을 하나 터트리고 밖으로 나간다. 무대 우측에서 터지고, 불다 만 풍선들은 단 교복을 입은 소녀가 마임으로 무언가를 설득하고 자신의 머리를 쥐어 잡는다. 소녀는 제자리에 풀썩 주저앉았다가 밖으로 나간다. 케노는 자신의 풍선 하나를 터트리고는 카톡창을 연다.
(무대 스크린에 노트북 화면 공유, 나레이션 처리)

케노	잘 지냈어?
플레오	도대체 얼마 만이야? 잘 지냈어?
케노	좀 바빴던 것 같아. 사실 나 너희 웹툰 계속 보고 있었어. 처음에는 로펌 웹툰이라고 했는데 회귀물이어서 놀랐어.
플레오	원래는 일상 개그물이었는데 바꾸자 했어. 이야기 들어봤더니 로펌이 엄청 팍팍하더라고… 클레어도 좀 뭔가 후회하는 것 같고… 그래서 꿈꾸는 삶을 그리자 했어. 그러니까 더 잘 되더라고. 웹툰도 빡세거든…. 즐기지 못하면 버틸 수 없는 일이어서, 내 이야기만 너무 길었네.
케노	아냐… 플레오, 미안한데… 딸애가 새벽 조깅 나가자고 해서… 나가봐야 할 것 같아. 다시 연락할게. 잘 지내.

케노는 모니터를 응시하면서 눈물을 흘린다. 책상을 양손으로 치고, 가슴을 때리고, 바닥에 뒹굴며 풍선을 터트린다. 케노는 갑작스런 호흡곤란이 오며 구급차의 사이렌 소리가 울린다.

노년. 화면이 밝아진다. 병실의 침상에 누워있는 케노. (거의 모든 풍선이 터져있다) 그 옆에는 플레오가 앉아있다. (가슴에 단 파란 풍선이 매우 작아졌다)

케노	(감았던 눈을 뜨며) 언제 왔어?
플레오	좀 아까.
케노	누가 불렀어? 혹시 딸이?
플레오	(잠시 침묵한 후) 아니, 여기 간호사가. 자네 딸은 미국에서 아직 못 왔어.
케노	아, 그랬지… 요즘 기억이….
플레오	나는 잊지 마라. 몸은 좀 어때?
케노	(터진 풍선들을 보며) 뭐 성한 곳이 없지…?
플레오	우리 나이가 그렇지 뭐.
케노	(좀 뜸을 들이다) 아니, 나는 요즘 그냥 내 탓이 아닌가 해. 요즘 들어서 옛날 생각이 많이 나… 특히 후회되는 것들.
플레오	니가 후회하는 것들도 있어?
케노	(지그시 쳐다보다가) 그렇겠지, 넌 모를 거야. 나 사실 너를 만나기 훨씬 이전부터 조금씩 부유했던 것 같아.
플레오	무슨 말이야? 쉽게 해, 쉽게. 하하.
케노	나는 부모의 인정, 남들의 칭찬, 세상의 성공 등에 모든 것을 걸었던 것 같아. 그럼 내가 자유로워지는 것 같았어.
플레오	누구나 그렇지 않아?
케노	니 입에서 그런 이야기가 나오다니. 하하. 아니, 나는 그 과정에서 너무 많은 사람들에게 상처를 주고, 외면하고, 나를 속여왔던 것 같아. 그래서 이렇게 김빠진 풍선이 되었나 봐. 항상 아프고 힘들었는데 무엇을 위해 누구랑 싸운 건지 모르겠다.
플레오	(잠시 침묵을 하며, 뭔가 머뭇거리다가) 아니 나도 니가 부러웠

던 적이 있었는데, 난 엄두가 안 나더라고… 뭐 다른 것은 아닐까? 마치 타인의 입장이 더 좋아 보이는 거?

케노　　그런가… 역시 넌… 난 한 번도 너를 넘지 못했던 거 같아.

플레오　하하. 또 헛소리한다.

케노　　우리 잘 살았던 건가?

플레오　아직 끝나지도 않았는데… 우리 청춘이야, 청춘. 잠깐 나 전화 좀 받고… 어, 어, 아, 그래… 야! 가봐야겠다. 몸조심 잘하고.

케노는 플레오가 나간 문을 오랫동안 응시한다. 무대를 등지고 한참을 흑흑 거리며 어깨가 들썩이더니 케노는 자리에 눕는다. 무대에는 어둠이 깔리고, 조용한 무대 위에 음악(《하울의 움직이는 성 OST, 인생은 회전목마》)이 들려온다.

시험과 목숨 ¶

― 김세연

1장

무대 조명은 11월 헬스장을 비춘다. 헬스장 주변에는 눈이 쌓여있다.

마정본   이 아령은 왜 여기에 놓여있는 거여? (고민하더니) 아, 맞다. 영역호 씨가 어제도 새벽까지 운동하다가 그냥 갔나 보구먼? (혀를 차면서) 젊은 사람이 열정은 넘치는구먼….

마정본은 옆에 놓여있던 수건을 든다. 수건에는 '영역호'라는 이름이 적혀있다.

마정본   (땅에 놓인 수건이랑 아령 옆에 가려져 있던 구멍을 발견하며) 이건 또 뭐여? 내가 이 헬스장에서 20년을 일하면서 이렇게 큰 구멍이 하루아침에 생긴 건 또 처음 보는구먼.

의아한 표정을 짓던 마정본은 업자를 부르려고 허리를 들다가 땅에 있던 아령에 발목이 걸려 구멍 속으로 넘어진다. 조명이 꺼진다.

마정본   ??? (구멍 속으로 몸이 넘어지면서) 뭐야? 뭐야?? (쩌렁쩌렁 소리를 지르며) 뭐야아아아!!!!!!!!

조명이 켜진다. 헬스장에서 오후 8시 45분 학생들이 학원에서 나와 이리저리 이동하고 있는 대치동 가로 화면이 전환된다. 헬스장에서 구멍에 빠졌던 마정본은 정신을 잃었다가 학원가 구석 벤치에서 널브러진 채 눈을 뜬다.

마정본   (잠에서 화들짝 깨며) 허어어! 뭐야!! 뭔데!!! (몸에서 흐르는 식은땀을 닦으면서) 뭐야… 여기는… 어디여?

마정본   여기는… 여기는 대치동 아니여? (헛웃음을 지으며) 20년 만에 여기는 또 처음 와보네. 저 맥도날드는 아직도 있구먼…. 허허… 뭐지… 꿈을 꾸고 있는 건가. (이마를 부여잡으며 앓는 소리를 냄) 갑자기 이게 무슨 일이여… 뭐여….

학생들 무리가 쏟아져 나온다.

마정본   (자세히 보느라 인상을 찌푸리면서) 저거… 저거… 저거 이애고 아니야?

이애고를 알아본 마정본의 표정이 심각해지다가 이내 기쁨으로 물든다.

마정본   이애고! 이애고!! (벤치에서 급하게 일어나며 손을 마구 흔듦)

횡단보도를 건너던 이애고는 자신의 이름을 외치는 소리에 의아한 듯 고개를 올리고 마정본과 눈이 마주친다. 당황스러운 듯 마정본을 향해 천천히 다가간다.

이애고   (의아함에 얼굴을 찌푸리며) 누구세요? 저 아세요?
마정본   니 애고지? 애고 맞지? 아이고 회춘했구먼! 나 마정본인데 기억 안 나나?
이애고   마정본…? (이애고의 표정이 심각해진다)
마정본   그래!
이애고   제가 아는 마정본은 저랑 동갑인데요. 그리고 정본이는….
마정본   (흥분한 상태로 이애고의 말을 끊으며) 뭐라고? 네 몇 살인데?
이애고   (차갑게) 열여덟이요.
마정본   (당황스러움을 감추지 못하며) 그래… 그… 이름이 같은 사람인가 보다. 어디 가나?
이애고   (무뚝뚝하게) 수능 준비하러 학원이요.
마정본   아, 그래! 생각해 보니 11월 모의고사를 친 다음이겠구먼? 얘기 하나 해줄까? 아저씨 학창 시절에 너랑 비슷한 학생이 있었는데, 내가 그때 발작을 일으켜서 기절했거든? 근데 그때 그 학

생이 자기 시험 때려치우고 막 그… 응급처치! 그런 거 해줘서 나 살았다 아이가. (웃음을 짓는다)

마정본은 다급한 표정으로 이애고와 대화를 이어간다.

이애고   (차갑게) 저도 비슷한 일이 있었어요. 방금 말씀해 주신 마정본 말이에요. 걔도 이번 모의고사 때 발작을 일으켜서 사망했어요. 시험이 어려웠나 봐요.

ː 2장 ː

마정본   (정색하며) 뭐?

이애고   시험이 어려웠나 봐요.

마정본   아니, 아니, 그거 말고. 마정본이 죽었다고?

이애고   네.

마정본   시험 도중에? 아무도 안 도와줬나?

이애고   모의고사니까요. 11월 모의고사는 중요하잖아요. 전 의대 준비생이라 중요해요.

마정본   아니… 그렇다고? 그렇다고 애를… 니 지금 농담하는 거지? (혼잣말로) 이런 걸 사이코패스처럼 얘기하네. 요즘 애들… 허허. (헛웃음을 지음)

이애고   농담 아닌데요?

마정본   그래, 농담 아니라고 하자. 너희 같은 사이코패스들이 공부해서, 의사가 돼서 뭐 어쩌려는 거야? 어이가 없네.

이애고   사이코패스 아니에요. 중요한 시험을 치고 있었잖아요.

마정본   (얼굴을 붉히며) 사이코패스야 그게 자식아! 애초에 그딴 사람 죽이는 농담이나 하면서 의사가 되면 뭔 소용인데? 이미 인간

되기를 포기한 거 아니냐?

이애고   의사 되면 돈 벌고 좋잖아요.

마정본   (어이가 없어서 고개를 들고 먼 산을 바라보며) 아니… 하… 요즘 애들은 이렇게 공부만 해서 성적이 전부인 듯이 말하나? 너 같은 애들이 의사 된다니까 무섭다!

이애고   (염세적으로) 아저씨는 자꾸 인간, 인간 말씀하시는데, 그런 거 있으면 성적도 안 나와요. 남 배려해 봤자 제가 1등급 받기만 더 어려워지는데, 애들한테 착하게 대하는 게 더 멍청한 거 아닌가요?

마정본   그렇게 사람들 짓밟고 올라가서 뭐하려는 건데? 너는 학교를 이기려고 다니나?

이애고   (무표정으로) 이겨야 제가 살기 편하겠죠?

마정본은 답답해 보이는 표정을 지으며 이애고한테서 고개를 돌린다. 이애고는 똑같은 표정으로 마정본을 응시하기만 한다.

이애고   저 수능 얼마 안 남았어요. 누구신진 모르겠지만 제 시간 낭비하지 마시고 갈 길 가세요.

이애고는 그대로 가버린다. 마정본은 한숨을 쉬며 주변 학원가들을 살피면서 자기의 헬스장이 있을 위치로 찾아간다.

ː **3장** ː

무대가 헬스장이 있을 위치로 바뀐다.

마정본   (당황한 표정을 지으며) 뭐여, 뭐여? 내 헬스장은 어디 가고 웬

가정집이 있어? (슬쩍 문 앞에 놓인 우편물을 본다) 받는 인간이… 영역호? 영역호 씨가 왜 여기 있나? 집은 뭐 이리 또 불에 탄 자국이 많아. 화재라도 났나?

단서를 찾으려고 마정본은 이리저리 돌아다니다 자신이 빠진 구멍과 똑같이 생긴 구멍을 발견한다. 조금의 주저도 없이 마정본은 그 구멍으로 뛰어든다.

⁝ 4장 ⁝

무대가 이애고의 집으로 전환된다. 늦잠을 잔 이애고는 급하게 현관문으로 달려나간다. 그리고 바로 뛰기 시작한다.

이애고   그 이상한 아저씨 때문에 잠을 못 잤어! 계속 그 생각만 하다가!

이애고   헉… 헉… 헉…. (횡단보도를 바라보며) 초록 불… 초록 불…! (초록 불이 되자마자 횡단보도를 가르지름) 빨리… 빨리….

이애고가 횡단보도의 중간 지점을 지났을 무렵, 과속하던 자동차가 이애고를 친다. 차 안의 가족들은 40대 여성 한 명과 수능 도시락을 들고 얼굴이 창백한 한 남학생. 둘의 표정은 일그러졌다가 이애고를 방치한 채 차를 끌고 가버린다. 이애고는 횡단보도 중간에서 피를 흘리며 수능장 방향을 본다.

이애고   (피를 흘리며) 뭐야… 뭐야… 무슨 일이 일어난 거야…. (얼굴이 창백해지며) 피… 피… 피가….

이애고가 기절하려던 찰나 다른 승용차가 이애고의 앞에 멈춘다. 안에서 급하게 한 학생이 내리더니 이애고를 자신의 차에 태운다. 조명이 꺼진다. 애고는 힘겹게 자신을 들고 있는 학생을 응시하다가 결국 기절한다. 조명이 켜진다. 이애고는 한 병원에 누워있고 옆에는 한 학생이 앉아있다.

이애고　　　　(갑자기 눈을 뜨며) 헉! 헉! 헉!!

영역호　　　　(놀라면서) 헉! 깜짝이야?

이애고　　　　(옆에서 놀라는 역호를 바라보며) 뭐야? 무슨 일이 일어난 거야? 뭐야?

영역호　　　　(가슴을 쓸어내리면서) 깜짝이야… 안녕? 수능 치러 가는 길에 다쳐서 있길래 병원에 데리고 왔어.

이애고　　　　(당황하며) 수능은? 수능은?

영역호　　　　수능이야 당연히 끝났지.

이애고　　　　(두 손을 고개에 파묻으며) 망했다… 망했다…. (한숨을 쉬며)

영역호　　　　(아무렇지 않은 듯) 괜찮아! 어쩔 수 없었잖아?

이애고　　　　너는?

영역호　　　　(웃으면서) 나도 당연히 못 쳤지?

이애고　　　　(속상한 표정을 지으며) 미안하다… 미안하다…. (계속 한숨을 쉰다)

영역호　　　　(미소를 지으며) 딱히? 수능 치러 간 대신 사람을 구한 게 더 좋은 일 아닌가? 난 오히려 좋은데! (눈웃음을 지으며)

이애고　　　　(말없이 영역호를 바라본다) 뻥이지…?

영역호　　　　뻥 아니야! 진짜로!

이애고　　　　(역호를 바라보던 고개를 올려 천장을 응시하며) 고마워.

영역호는 말없이 웃는다.

이애고　　　　(혼잣말로) 그 이상한 아저씨… 무슨 말을 하고 싶었던 건지 알 것 같아.

192

5장

조명이 헬스장을 비춘다. 마정본은 한숨을 쉰다.

마정본 (뒤통수를 긁으며) 개꿈도 저런 개꿈이 없네. 나 곧 죽나?

영역호 (헬스장 문을 열며) 안녕하세요?

마정본 (영역호를 웃는 얼굴로 맞이하며) 아이고, 안녕하세요? 오늘도 가장 일찍 오셨네.

영역호 요즘 운동하면서 땀 흘리는 게 그렇게 좋더라고요. (걱정스러운 표정을 지으며) 근데 표정이 안 좋으신 것 같은데?

마정본 (손사래를 치며) 말도 마셔요! 뭔 이상한 개꿈을 다 꿔서. 어떤 미친놈이 자기 시험과 사람 목숨을 등가교환 하는 꿈을 꿨어요. (얼굴을 찌푸리며) 나는 가방끈이 짧아도 나름대로 행복한데, 어이가 없어서.

영역호 (놀란 표정을 지으며) 사실 저도 비슷한 꿈을 꿨어요! 근데 저는 이제 구해주는 역할로···. (웃으며) 제가 수능을 포기하고 사람을 구해줬었는데, 글쎄 제가 구해준 사람이 나중에 우리 집에 불이 났는데 구해줬다니까요. 하하. (털털하게 웃는다)

마정본 (고민하더니) 그··· 뭐야··· 역호 씨도 공부만 주구장창 하는 게 제일 행복하다고 생각하나?

영역호 음··· 갑자기요?

마정본 그냥, 궁금해서.

영역호 공부 말고도 각자의 가치가 있으니까요. (웃으면서) 다양한 가치를 공부와 더불어 소중히 하는 게 제일 좋지 않을까요?

마정본은 웃으면서 영역호를 바라본다.

마정본 (관객을 바라보며) 그런 거지. 누구는 공부가 중요하고 누군가

는 아닐 수 있는 거지. 공부만 하다가 다른 가치를 다 놓쳐서는
안 되는 거여.

다시, 희곡으로 보는 '나의 삶'

초판 1쇄 발행 2024년 07월 11일

지은이 나유지, 조소윤 외 19명
엮은이 이주옥

펴낸이 류태연
펴낸곳 렛츠북
주소 서울시 영등포구 문래북로 116, 1005호
등록 2015년 05월 15일 제2018-000065호
전화 070-4786-4823 | **팩스** 070-7610-2823
이메일 letsbook2@naver.com | **홈페이지** http://www.letsbook21.co.kr
블로그 https://blog.naver.com/letsbook2 | **인스타그램** @letsbook2

ISBN 979-11-6054-712-2 03810